KB187189

키 작은 승무원 일기

키 작은 승무원 일기

초판 1쇄 인쇄 | 2022년 9월 1일
초판 1쇄 발행 | 2022년 9월 20일

지은이 | 제제 씨
발행인 | 안유석
책임편집 | 고병찬
디자이너 | 김민지
펴낸곳 | 처음북스
출판등록 | 2011년 1월 12일 제2011-000009호
주소 | 서울특별시 강남구 강남대로364 미왕빌딩 17층
전화 | 070-7018-8812
팩스 | 02-6280-3032
이메일 | cheombooks@cheom.net
홈페이지 | www.cheombooks.net
인스타그램 | @cheombooks
페이스북 | www.facebook.com/cheombooks
ISBN | 979-11-7022-248-4 03810

* 잘못된 책은 구매하신 곳에서 바꾸어 드립니다.
* 책값은 표지 뒷면에 있습니다.

159cm 제제 씨가 들려주는 비행 에세이

키 작은 승무원 일기

키가 작은 건
단점이 아니라 매력입니다!

승준생 에피소드부터

좌충우돌 승무원 이야기까지

처음북스

· Prologue ·

키 작은 승무원 제제 씨

어렸을 적부터 키가 작았던 나는 늘 학급에서 1번을 도맡았다. 매년 새 반이 결정 나던 개학이 다가오면 우리 가족의 관심사는 올해는 과연 제제가 몇 번이 될까였으니까. 지금은 차별이 될 수 있다는 이유로 '키 번호'라는 것은 사라졌지만 그때는 키순으로 서는 것이 일반적이라 키가 작은 사람에게는 잔인했던 세상이었다. 그런 부모님께 내가 늘 전화로 전했던 말은 하나였다.

"엄마 나 이번에도 1번이야."

이후, 키를 크게 자라게 할 수 있다는 한의원에 오가며 한약까지 마셔 봤지만, 결국 동생에게까지 키를 앞지름 당하고 말았다. 그나마 그렇게 키가 작지 않다는 주변의 위로를 뒤로 하고, 스무 살이 된 후에는 킬힐에 의지하며 살아갔다.

그렇게 잘 지내고 있을 무렵, 이 작은 키는 승무원이라는 꿈을 이루

는 것에 가장 커다란 고민을 안겨 주었다. 물론 키가 직접적인 이유는 아니었겠지만, 반복되는 탈락의 고배를 마시는 동안 노력으로 바꿀 수 없는 부분이 있다는 것이 큰 스트레스였다.

자존감이 밑바닥으로 떨어져 매번 술을 마시며 밤을 샌 적도, 수도꼭지처럼 금세 울음을 터트리는 내가 눈물도 나오지 않을 만큼 마음이 매말라 버린 적도 있었다. 하지만 그러한 어두운 시기를 지나 지금은 꿈을 이뤄 승무원이 되었고, 승무원 일을 하며 여전히 내 작은 체구에 불편함을 느꼈기에 그만큼 더 많이 노력 중이다.

아직까지 키를 물어보는 질문에는 괜스레 부끄러워지지만 그럼에도 나와 같은 고민을 하는 사람들에게 많은 위로와 희망이 될 수 있길 바란다.

- 키 작은 제제 씨

차례

2장

DATE . . .

제제 씨, 그것이 몹시 알고 싶어요!

3장

DATE . . .

오늘도 힘내요, 제제 씨!

4장

DATE . . .

사실 키가 작은 것은 매력입니다!

1장

DATE . . .

제제 씨, 어디 가세요?

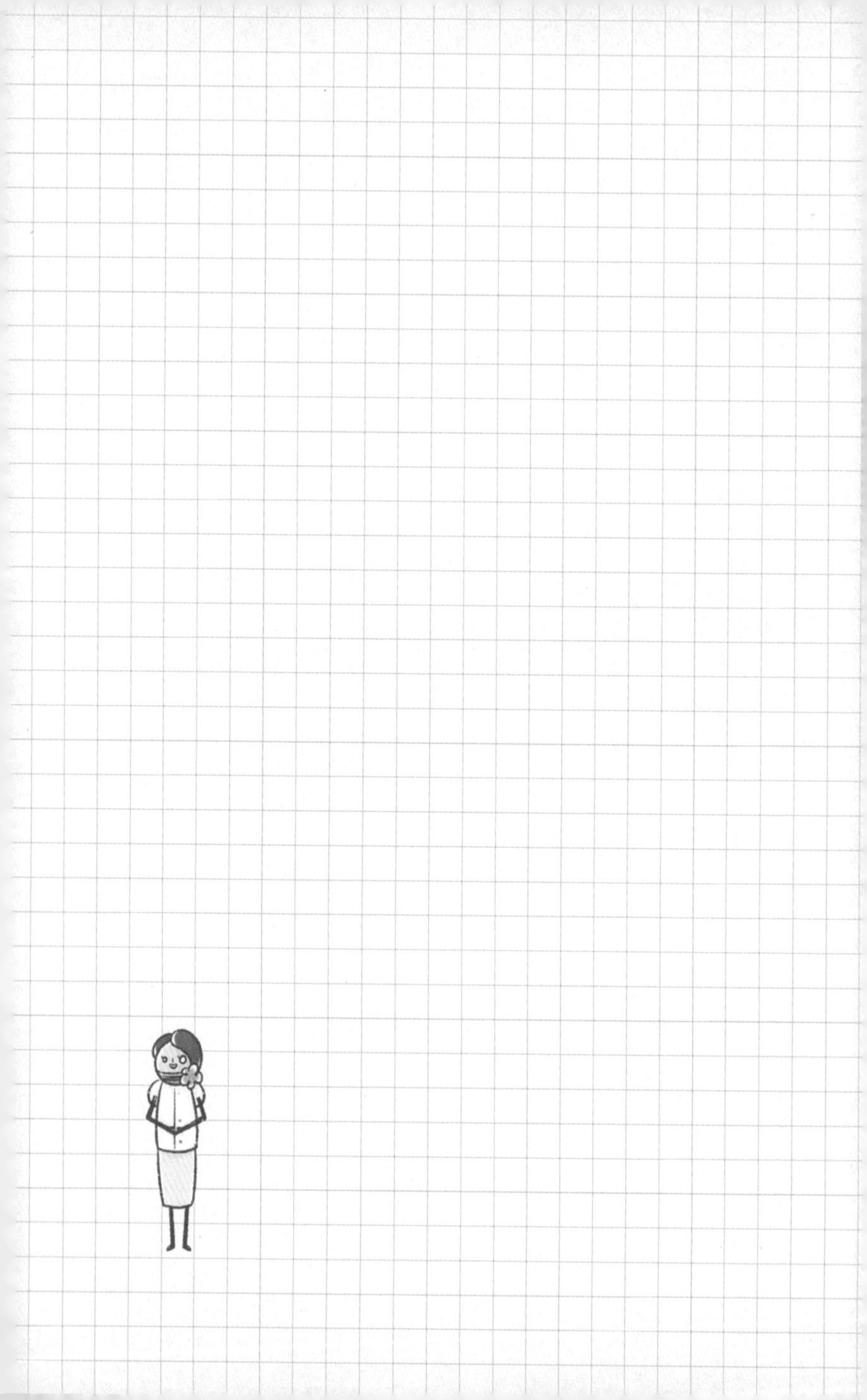

01

키 작은 제제 씨

다른 승무원은 모르는
키 작은 승무원 일기-

안녕하세요 -
제제 씨입니다.

나이 : 비밀
키 : 159 CM
몸무게 : 비밀
특기 : 먹기

키를 재는 게 무서운 제제 씨는

하..
어서와 —
진실의 세계에

키가 아주 아주 작다.

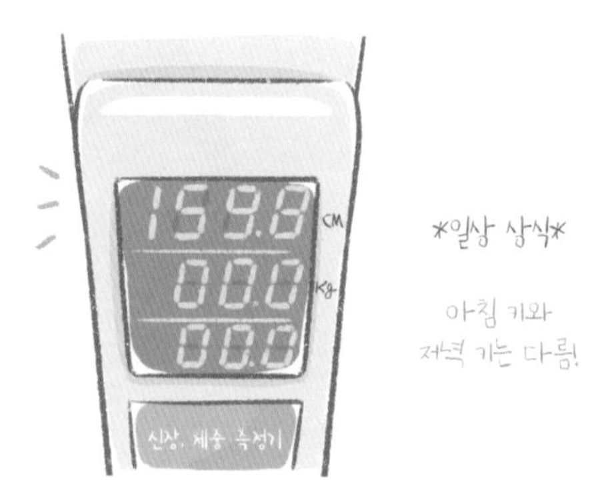
159.8 CM
00.0 Kg
00.0
신장, 체중 측정기
일상 상식
아침 키와
저녁 키는 다름!

키가 큰 선배님이나 후배님과 일을 할 때면

이것저것 많이 슬프기도 하지만 -

안녕하십니까
까치발 -

그래도 늘 힘차게 일한다

??

키 작은 제제 씨의 일상 시작합니다!

하하하
키 작아도
나는 승무원!

02

흔한 승무원의 캐리어

때 탄 손잡이 커버
동기끼리 맞춘 택
예뻐서 산
그루택
지나가다 산 네임택
제일 중요하지만
매번 뒷전인 회사 그루택
대신 온 인형
납작 + 때탐
의미 없이 계속
사 모으는 뱃지

일을 하다보면
하나둘
사라져있다.

그리고 이것들은

어느새 사라지곤 한다.

그리고 제제 씨의 아이디 카드 -

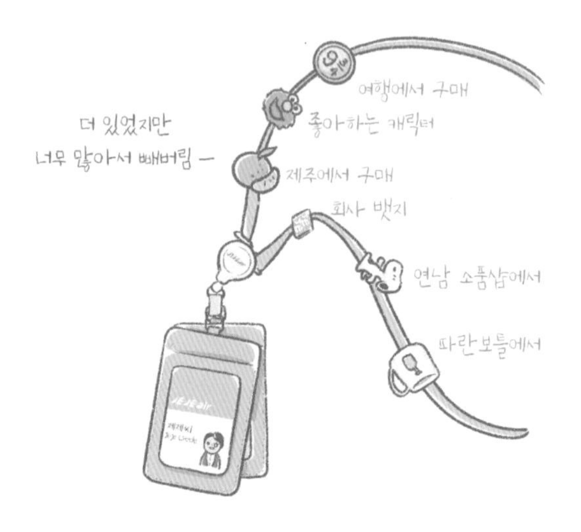
여행에서 구매
좋아하는 캐릭터
더 있었지만
너무 많아서 빼버림 -
제주에서 구매
회사 뱃지
연남 소품샵에서
따란보틀에서

단, 목에 걸 때 무거움 -

* 주의 *
이것 역시 어느샌가
하나씩 사라짐
쇠
쇠
쇠
쇠
쇠
쇠
추 - 욱

03

승무원끼리 통하는 사실

승무원끼리 통하는 사실이 하나 있는데 -

그것은 사복 일 때도
승무원을 알아본다는 것이다.

크루인 것 같은데...
승무원 친구 결혼식에서

특히 연남동 예쁜 카페 같은 곳에서

아니 그래서~
어쩌구 저쩌구

느낌이 올 때가 있는데 -
저기 자리 있어 ~

예상은 빗나간 적이 없다.

아니 랜덤하니까 -
역시 크루였구만!

왜냐고 묻는다면

큰 키??
그런 것도 있겠지만
굳이 말하자면
분위기!?
긴 생머리??
아니야
그냥 느낌 ㅡ

특히 해외에서 그 능력은 더욱 발휘된다.

STARBUCKS COFFEE
크루구만...

여기서 늘 생기는 의문 한 가지-

...?

다른 승무원도 날 알아볼까?

딸막 -
승무원같지 않은 승무원 ...

04

포토 스폿

승무원이 자주 찍는
사진 스폿 탐구!

1) 비행기 샷

비행기랑 함께 -

2) 아일 샷

기내 복도에서 -

3) 기내 방송 샷

점프싯에서 -
손님 여러분 -

4) 호텔 셀카 샷

출근 직전이 포인트 -

그리고 빼 놓을 수 없는

5) 래바 샷

* lavatory : 화장실

05

동생에게 받은 질문

언니 나 궁금한 거 있어
승무원에 관한거야 —
동아리 티셔츠인데
동생 잠옷이 되어버린 불쌍한 피카츄..

어느 날 동생이 질문했다.

이륙할 때 승무원은 승객 마주보잖아
서로 쳐다보면 안 민망해?
엄청 쳐다보는 사람 없어?
맨날 너무 궁금했어 —
물음표 살인마

이륙하는 동안 승객을 마주보게 되는데

바로 앞 승객과 마주보고 있으면
부담스럽지 않냐는 것이다.

그게 왜 궁금한데?
그냥 좀 알려 주면 안돼?
몰라 귀찮아 저리 가

다른 사람들에게는 다 친절해도
동생한테는 가장 불친절 -

기내에서 연예인 봤어?
왜 나한테만 까칠해 !!!
몰라아아아아아아

쪽머리 탐구 생활

오 ~ 오늘 올빽 ~

좀 바꿔 봤지 —

승무원 스타일의 정석인 쪽머리 —
다 똑같아 보이지만 조금씩 다르다.

다 똑같아보이는
승무원 머리도
스타일링이 다르다네 —
이름하여
쪽머리 심층 탐구!
(일명 어피)

올백형

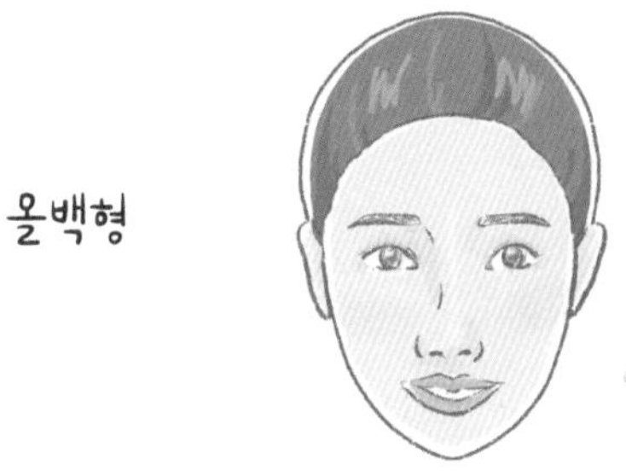
깔끔하게
모두 뒤로 넘긴 머리
일명 묻어머리
국내 모 항공사는
이 머리만 허용한다는
설이 있었다 —

앞머리형

앞머리가 있는 사람도
어떤 가능!
귀여워 보이고
어려 보이는 느낌 —

가르마형

가르마를 타서 볼륨을 준 머리

꼬리빗으로 칼같이
나누는게 좋요!

연차가 쌓일 수록 뽕이
높아진다는 전설이 있다.

삼등분형

볼륨을 준 머리에
한번 더 가르마를 넣음

가르마형보다 조금 더
귀여워 보이는 느낌이다

깻잎형

머리를 이마쪽으로
붙여서 셋팅
우아한 느낌 —

뒤쪽 머리도 각자 연출법이 다르다.

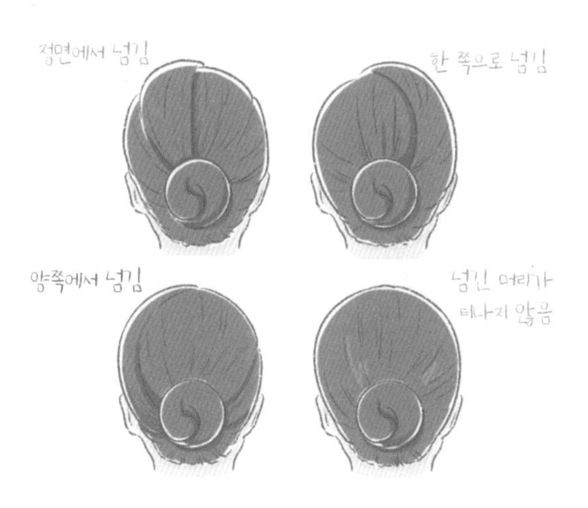
정면에서 넘김
한 쪽으로 넘김
양쪽에서 넘김
넘긴 머리가
티나지 않음

또 회사에 따라 번 형태도 다르고

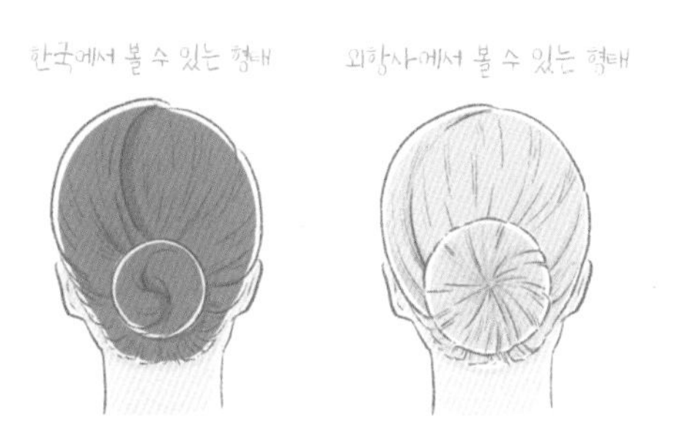
한국에서 볼 수 있는 형태
외항사에서 볼 수 있는 형태
태극 모양이 나오는게 포인트!
도넛 번을 이용한게 포인트!

이외에도 다양한 스타일이 많은데 -

소라머리
(프렌치 트위스트)
뽕 없는 쪽머리
자유로운 스타일

제제 씨는 가르마 형과 한 쪽 넘김을 선호하는 편!

그 이유는
어려 보이는 것 같기에 -

07

쪽머리의 단점

1) 데모할 때 머리가 망가진다.

낑 낑

영상으로 대체하는 경우 제외 ㅡ

2) 스프레이 때문에 머리를 감고 자야 한다.

현지시간 2:30 AM
하 ㅡ 그냥 자고싶다

3) 머리를 못 기대서 목이 아프다.

이륙 시
픽업 버스에서 —

4) 그 흔적이 오래 남는다.

퇴근 후 약속 있음
하.. 그냥
묶고 나갈까 —

08

탈모 탈출기

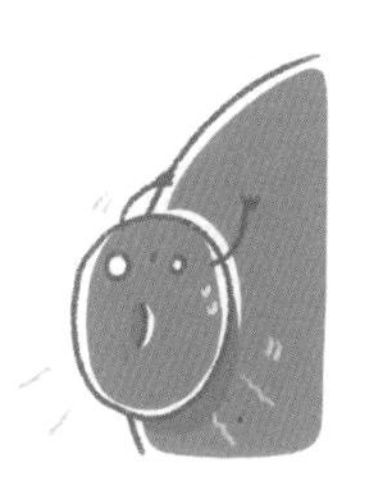

잦은 스프레이 사용과
오랜 시간 꽉 묶인 머리는

승무원 직업병 중 하나인 탈모를 유발한다.

명복을 빕니다 ―
내 얼마 없는 머리카락..

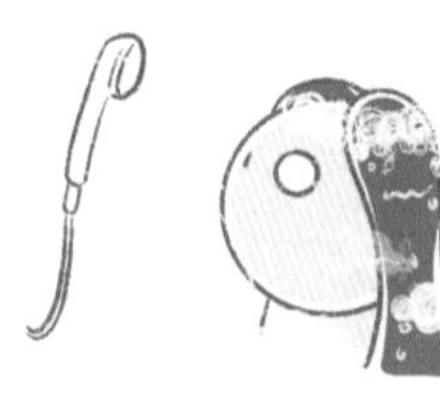

승무원들 사이에서는
비행 직후 머리를 감으면

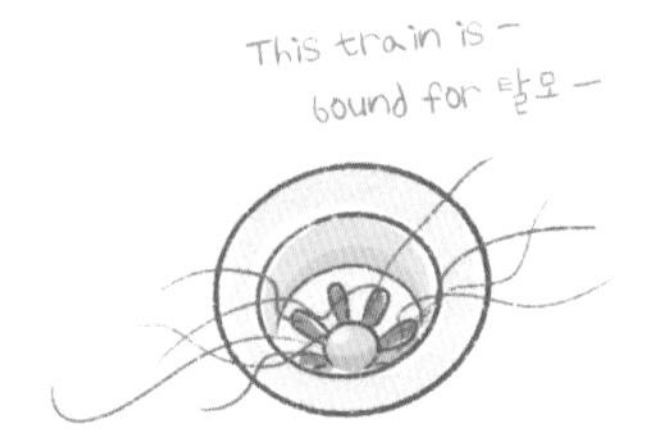
This train is –
bound for 탈모 –

탈모로 직행한다는
썰도 있는데

꽤나 신빙성 있는 이야기다.

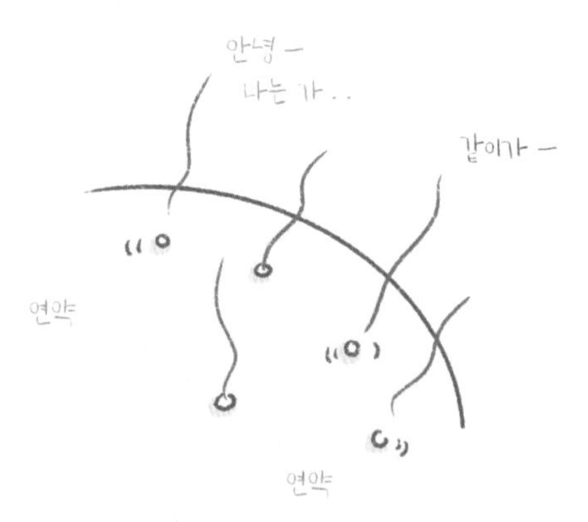
안녕 –
나는 가..
같이가 –
연약
연약

이런 것들에 스트레스 받은 나머지
단발로 자른 적도 있었는데-

탈모 안녕~

그 나름대로 고충이 있는 듯하다.

머리가 이렇게까지
뻗칠 일인가 -

출근까지 앞으로 한 시간-
미션) 머리를 정리하라!

09

비행과 살

비행을 하면
살이 찌기 마련인데
힘들게 일해도

계속 - 먹기 때문이다.

내사랑 쌀국수~
세 끼째

이전 정말 운동을 해야겠다고 생각했는데

Open sale
JJ GYM
음 —

헬스는 힘들 것 같아 요가를 해 보기로 했다.

? ?
?

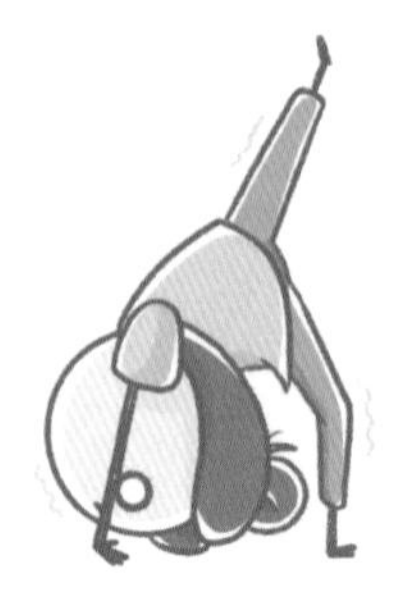

그런데 실제 요가는
너무 힘들어서

부들거리기만 했고

유일하게 할 수 있던 자세는
휴식 자세였다.

어휴 . . .

이 자세의 단점은 일어나기 싫어진다는 건데

손가락을 꼼지락 ~
천천히 의식을
깨워 볼게요 ㅡ

퇴근 시간대인만큼
비슷한 분이 많은 것 같다.

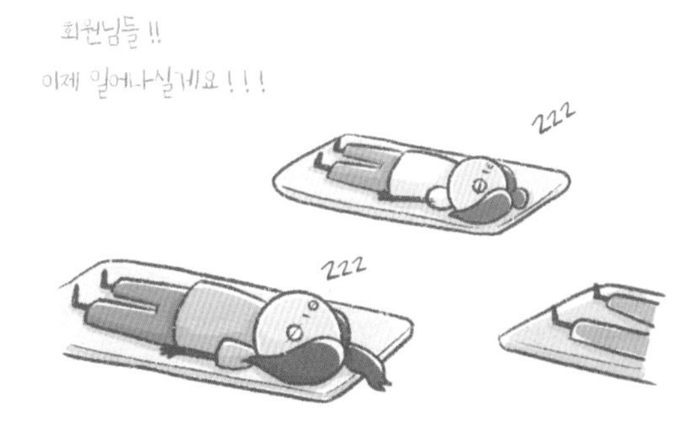
회원님들 !!
이제 일어나실게요 ! ! !
zzz
zzz

10

제제 씨와 운동

제제 씨는
근육이 없다.

흐물흐물ー

순도 100 % 지방

승무원은 체력을 요하는 직업이기에
운동을 하는 사람들이 많은데

사무장님!
OO 씨~
언제 오셨어요?!

제제 씨는 그저 늘 먹기만 하기 때문이다.

랜딩 쌀국수 ~
이따 반미도 먹어야지 ㅡ

특히나 팔에 힘이 없어서

팔뚝살
출렁

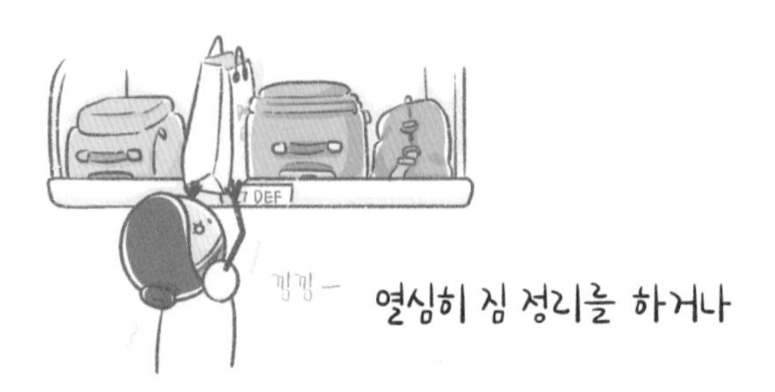
7 DEF
낑낑ㅡ

열심히 짐 정리를 하거나

바쁘게
일을 할 때면

띵ㅡ
네에ㅡ
저기요~
물 좀 주세요ㅡ

늘 승모근이 아프다.

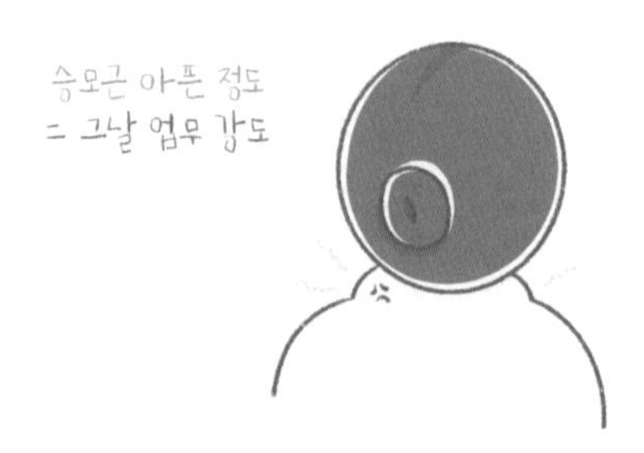
승모근 아픈 정도
= 그날 업무 강도

수고하셨습니다 ㅡ

선배님
승모근이 아파요..
ㅋㅋㅋㅋㅋㅋㅋ
고생하셨어요 ~

그러나 ㅡ
XX일 째 미루는 중...

진짜 운동 해야지 ㅡ
XXGym
오픈특가
EVENT

11

다낭 쇼핑

신짜오 —
Đà Nẵng

비행을 마치고
다낭에 도착했다.

먹을 것도 한국인도 많은 다낭이지만

CÔNG
21:50 ABD01 INCHEON 3
22:30 CD002 MACAU 1
23:30 EF003 INCHEON 2
23:35 GH004 DAEGU 4
23:45 JK005 INCHEON 3
00:05 LM006 BUSAN 2
00:40 NO0007 INCHEON 1
일명 경기도 다낭시 —

그중에서도 오늘은 한시장을 가기로 했다.

CHỢ HÀN
상점이 빽빽하게 늘어선
다낭 최대 규모 실내 시장 —

라탄은 동남아가 저렴해서

가방, 바구니, 전등 갓 —

제제 씨도 한 뭉텅이 구매했다.

저번 비행 때
산 가방

...

원했던 느낌 —

흠 ㅡ

상상했던 핏 ㅡ

언젠가 사용할 날을 기대하며

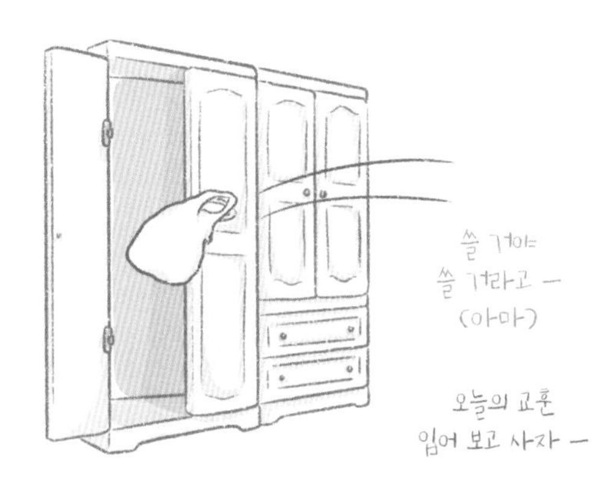
쓸 거야
쓸 거라고 ㅡ
(아마)
오늘의 교훈
입어 보고 사자 ㅡ

12

동전 털기

일할 때는 화폐 별로 분류해서 들고 다니는데

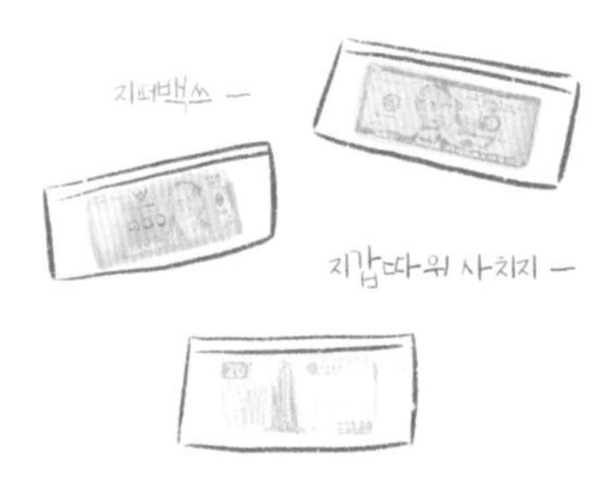
지폐박스 —
지갑따위 사치지 —

그렇게 구분해도 계산은 늘 어렵다.

이게 100이고
이게 20이고

특히 동전은...

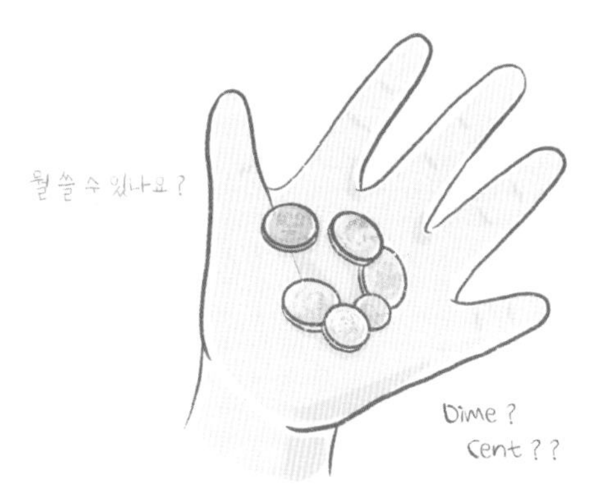
뭘 쓸 수 있나요?
Dime?
Cent??

제제 씨의 동전 사용법은 대략 이러하다.

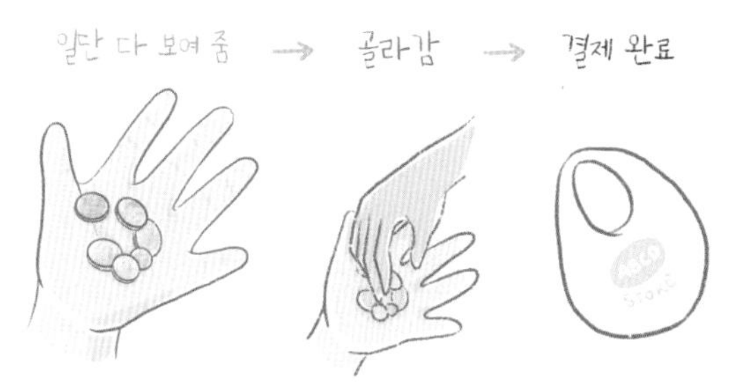
일단 다 보여 줌 → 골라감 → 결제 완료

Hmm...
31.39$
Sorry...
Next -

(꼴랑) 요거 세 개 샀다.

MAUNA LOA
HONEY ROASTED MACADAMIAS
ISLAND GIRL
물가 너무 비싸 -
약 사만원..

13

그림일기

어느 정도 일이 익숙해지고

몸이 먼저 움직임

내가 쳇바퀴 속 햄스터처럼 느껴졌을 때

헥 헥 ㅡ

덧 없는 내 인생 —
목표
꿈

그렇게 바라던 목표를 이루고
삶이 허무하게 느껴졌다.

시간이 흐르고 모든 게 변해 가는데

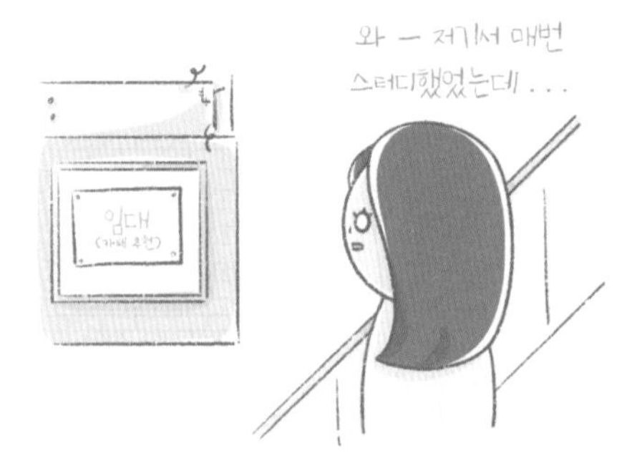
와 — 저기서 매번
스터디했었는데...
임대

정작 나는
아무것도 하지 않고 있는
그런 인생을 살고 있는
기분이 들었다.

오늘 할일들

그래서 무작정 밖으로 나갔다.
그리고는 내 일기를 쓰기 시작했다.

자기만족으로 시작한 일기가
어느새 많은 사람들과 소통하게 하고

예쁜 풍경을 바라보며 그림 그리거나

해외 예쁜 카페에서 작업을 하는 게
새로운 낙이 되었다.

生命堂
PERONI

그렇게 그림들이 하나둘 모여
시작된 제제 씨의 일기 -

159cm 제제 씨가 들려주는 비행 에세이
키 작은 승무원 일기
제제 씨 지음
승준생 에피소드부터
좌충우돌 승무원 이야기까지

2장

DATE . . .

제제 씨,
그것이 몹시
알고 싶어요!

01

유니폼에 대하여

승무원 유니폼에
로망을 가진 사람들이 많다.

그러나 그 로망도 길어 봐야 1년이고
실제로는 유니폼을 싫어한다.

우리 유니폼 진짜 별로야..
너넨 예뻐!
우리가 진짜 촌스러...

나 역시 유니폼을 입으면
멋있는 커리어우먼이 될 거라 생각했었지만

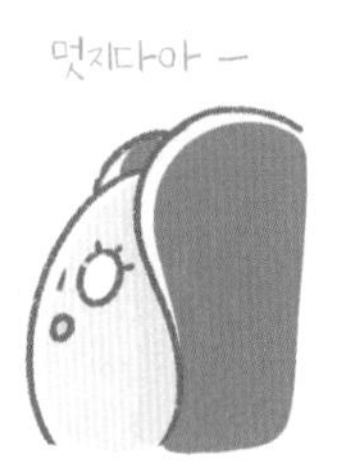
멋지다아 —

곧 유니폼은 모두를 못난이로 만드는
마법의 옷이란 걸 깨달았다.

못난이 옷 입히기 —

해외 스테이션에서 같은 편조 크루들과 마주치면

제제씨 ~
어디 가세요 ?!
어! 선배님 ~
지금 머리 푸신 게
더 예뻐요 !

긴 머리와 캐주얼한 모습이 훨씬 예쁘다.

어머 ㅎㅎ
지금 케어하시는 거예요 ?!
아뇨 진짜예요, 선배님 !!

그럼에도 불구하고

오케이..
자켓 준비 완료 —

유니폼을 입은 사진은 다 가지고 있다는 사실 —

02

크루밀

승무원은 탑재된 식사로 끼니를 해결한다.

승객과 같거나 따로 실리기도 함
(회사에따라 상이)

처음 맛본 크루밀은 행복의 맛 그 자체였다.

기내에서
치킨을 먹다니 —

그러나 이것도 잠시, 금세 질려버린다.

제제 씨 크루밀 드세요?
아뇨...
아, 밥 안 가져왔다..
크루밀 먹기 싫은데ㅡ

반면 크루밀 먹는 행복으로 일하는 사람도 있다.

그럼 내가
두 개 먹을게!
응 내꺼도 먹어ㅡ

03

승무원 준비와 다이어트

승무원 준비와 떼 놓을 수 없는 다이어트!

으으ㅡ

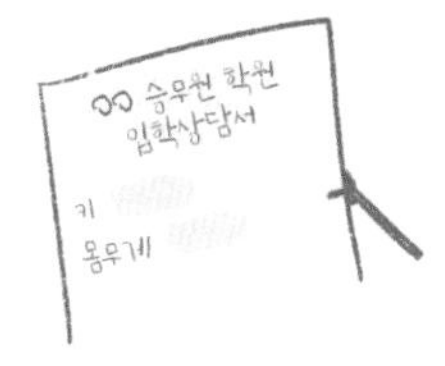
○○ 승무원 학원
입학상담서
키
몸무게
○○ 항공 X반기 채용
키 cm 몸무게 kg

키와 몸무게를
적는 건 흔한 일이었고

4X.XX
2kg 더 빼야 해...

살을 빼는 건 일상이었다.

온갖 방법으로 다이어트를 하다
부작용을 겪어 본 사람으로서는

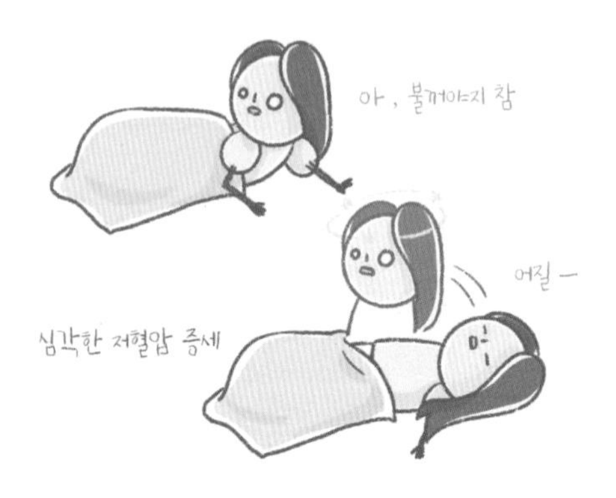
아, 불꺼야지 참
어질 -
심각한 저혈압 증세

이게 맞는 걸까라는 생각도 자주 들었다.
물론 회사가 직접적으로 언급한 적도 없다 -

장염 때문에 4kg 빠졌어
아싸...
그게 지금
나올 말이야?

흔히 '외국은 안 그러던데?'라는 생각도 하겠지만
실제로는 외형 기준이 더 꼼꼼한 것도 많다.

- Minimum height is 165 cm
- No tattoos or body piercing (exception for one earring in the lower lobe of each ear for females only) that would be visible whilst wearing the Etihad uniform (bandages and cosmetic coverings are not permitted)
- No criminal record
- Excellent personal presentation, style and image

"2kg만 쪄도 감봉",
'체중 경찰' 두고 승무원들 몸무게 감시

| '외모 매니지먼트 프로그램' 운영, 목표는 화려하고 멋진 얼굴 유지
| 프로그램 평가 내용 인사 담당자에게 전달...
| 때에 따라 급여 삭감까지

서류 마감일은 지정되어 있지 않으며 서류합격(Invitation) - CV Drop → 암리치 & 스카체크 → 디스커션 → 최종면접이 이틀에 걸쳐 진행될 예정이다.

마지막으로 파이널에서 샤롱케바야를 입어보고
최종 합격을 결정 합니다.
이걸 입으시려면 정말 날씬해야할 것 같아요 . . .
유니폼 특성상 목 주변이나 등쪽 피부도
체크하는 것 같더라구요.

-모 외항사 면접 후기 -

기업의 이미지를 구축하는 것 역시 중요하기에

직원 역시 특정 이미지로 획일화 시키는 것도
브랜딩의 방법 중 하나라고 생각한다.

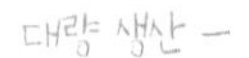
대량 생산 —

어서오십시오 —

요즘은 변화의 목소리도 조금씩 나오고 있지만

[PICK] 티셔츠에 운동화.. 국내 첫 '젠더리스' 승무원 유니폼 공개

XX 개의 댓글

apxxxx
보는 사람도 편안하고 멋져보여요. 다른 기업들도 따라했으면..

hoxxx
멋져요 안전이 최고지!! 다른 유니폼은 긴급 상황에 안어울려

cofxxxxx
여자 승무원들 유니폼들은 너무 불편해보여서 정작 위급할 때
제대로 움직일 수 있을까 싶었네요.
유니폼 바뀐다고 친절하지 않은건 아니니까

hixxx
정말 보기 좋아요! 여기 이용하고싶네요

여전히 변하지 않는 것들도 있기에
결국 각자의 편한 선택을 하게 된 건 아닐까?

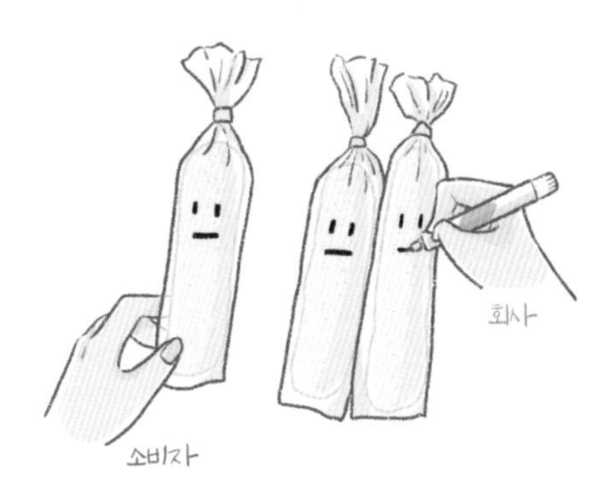
회사
소비자

소비자와 브랜드 이미지, 안전과 서비스
모두를 잡을 수 있는 해답이 나오길!

04

직업병 심층 탐구

죄송합니다 병

발을 밟히거나 남에게 치여도 죄송하다는 말이 튀어나오는 병

죄송합니다!
아 죄송합니...
제제 씨의 발 —

반대로, 감사합니다 병

감사할 상황이 아닌데 늘 '감사합니다'가 나오는 병

혹시 서울역 어디로 가나요?
아 이쪽으로 10분 정도만 가면 돼요 —
감사합니다~

음식물 흡입증

시간도 여유로운데 음식을 마시듯 흡입하는 증상

폭풍
천천히 좀 먹어...

물 세팅 병

식당 등의 장소에서 물 발견시 인원 수 대로 따라야 마음이 편한 병

비슷한 예로 수저 세팅 병

X 인원 수
국물이나 소스 등도!!

먼저 지나가세요 병

어디든 상대방이 먼저 갈 수 있도록 양보하는 병

밖에서 잡고 있음

사무장님 병 혹은 선배님 병

사장님, 언니 등을 상대로 상대방을 잘못 칭하며 부르게 되는 병

이거 시킬게!
그래!
사무장니임~!
ㅋㅋㅋㅋㅋㅋ

요일 무감각증

모든 날짜가 출근과 오프로만 구분되며 요일을 분간하지 못하는 증상

토요일 뭐 해?
토요일? 며칠인데?
요일 몰라 —
날짜로 말해 봐!

05

직원 티켓

얼마 전 엄마가 서울에 왔다.

엄마 왔다 ㅋㅋㅋ

엄마는 직원 티켓의 최대 수혜자이다.

오늘은
남자 사무장이더라
그렇구만 (무관심)
짐 들어 줄게 ~
엄마 머리했네?

집안일도 척척 해 주시기에
정말 반갑고 좋지만

우와 ~
엄마 자주 와
존경의 눈빛

가족이란 붙어 있으면 늘 싸우게 된다.

우리 엄마 최고 ~
ㅎㅎ
- 30분 후 -
아니, 엄마는 !!
자꾸 이러면
이제 안 온다 !

언젠가 동생에게 물어본 적 있다.

야, 만약에 내가
회사 관두면 어떨 것 같음?
왜?! 관두게?!
NO
절대 안돼!!
도시락 싸들고 다니면서
말릴거임 —
비행기 싸게 못타잖아
이제 고속버스 못타겠어!
결.사.반.대!!

실제로도 확인해 본 결과!

작년에 쓴 직원
24
12
8

그림의 떡…

06

일본 여행

입사 후 첫 여행은 엄마와 함께한 일본이었다.

#엄마랑 #모녀여행 #첫째날

엄마에게 첫 랜딩비어를 알려 주고

엄마 이게 랜딩비어야 ~
내리자마자 마시는거 ~

그러네 ~
피로가 씻겨 내려가네 !

둘 다 오랜만에 얻은 긴 휴식을 즐겼다.

엄마 ~
카메라 봐
응 ㅎㅎ

여행 중 실망하는 일도 많았지만

엄마 라벤더가
아직 애기야 ㅡ
응애 ㅡ
그러네 ㅡ

궂은 날씨에도 둘이라 즐거웠다.

하하하 ~
하하하 ~
너에게 난 ~ 해질녘 노을처럼 ~

다사다난했던 나흘이 지나고

돌아가는
비행기 안에서

엄마와 나는

서로 다른 이유로 울컥했다.

엄마 예쁜 사진 고르는 중
가서 보내줄겡 ㅋㅋㅋ
너랑 헤어지고 뱅기타니까
눈물이 나는거있지 ㅎㅎ
엄마 늙었나봐
ㅋㅋㅋㅋ뭐야 ㅋㅋㅋ
잘놀았네 4일동안
울딸 씩씩해서 좋다ㅋㅋ
응 잘 먹고 잘 놀고ㅋㅋ
바온 사진은 파란하늘
만들어서 보내줄게 ~
응 땡큐 ~

괜히 짜증 내던 일도

キャンドル工房
엄마 이게 뭐야!!
다시 찍어 줄게 그럼 -

조급해져서 화만 내던 일도 -

폰 두고 온 게 몇 번째야!
기차도 놓치고!
미안...

그 짧은 시간을 더 좋은 시간으로
만들어 주지 못한 게 참 후회가 되었다.

응 이제 집 거의 다왔어 ─
엄마 고생했어 ~

나는 정말 아직 한참 어리고 어리다 ─

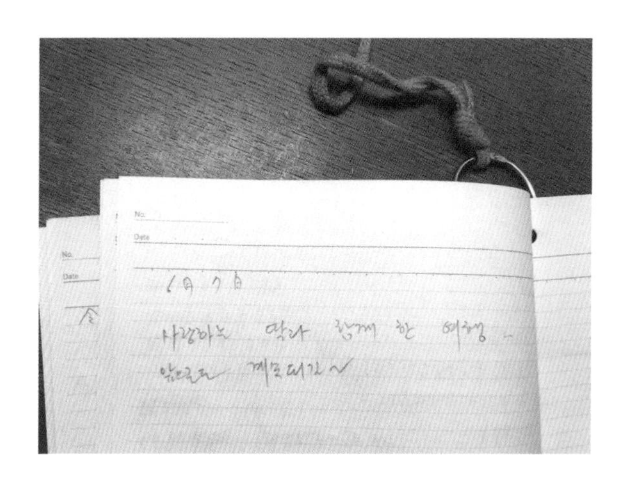
No.
Date
6月 7日
사랑하는 딸과 함께 한 여행..
앞으로도 계속되길~

07

동생을 태우고

동생이 내 비행기를 타는 날은 유독 귀찮다.

예 —
아는척 해야지
으아아 —

왜냐하면 공항에서부터

오늘 동생이 타거든요 . . .

진짜요 선배님 ? !

티 나게 몰래 훔쳐 보기도 하고,

하 — 왔나 봐요 —
어디요 ?!
지금 숨은 것 같아요
왜 저래 —

방해되지 않도록 조심하면서도

안녕하세욥 —
(웃참 중)
안녕하십니까 —

필요한 건 부탁하고

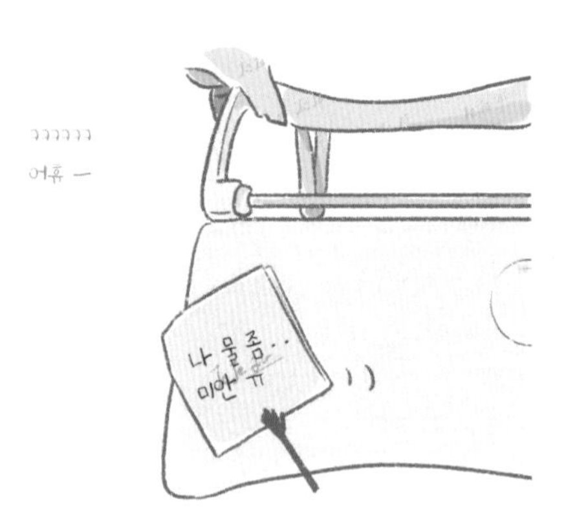
ㅋㅋㅋㅋㅋㅋ
어휴 —
나 물 좀..
미안 ㅠ

방송도 녹음하면서 따라 한다.

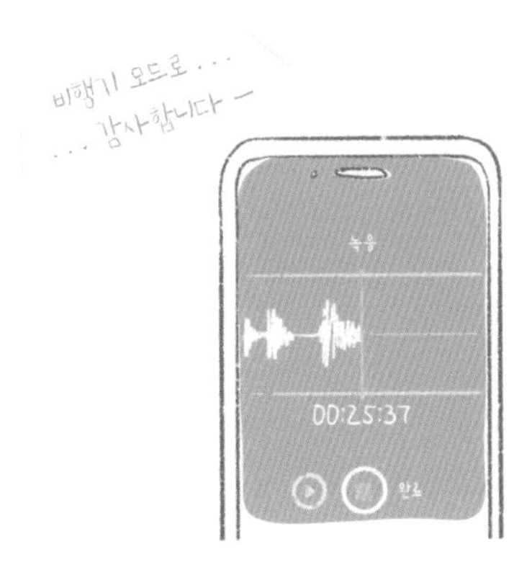
비행기 모드로 . . .
. . . 감사합니다 ㅡ
녹음
00:25:37
완료
갬새햅니대 ~
ㅋㅋㅋㅋㅋㅋㅋㅋ

그래도 동생이랍시고
이것저것 챙겨 주고

오다 주웠다 ㅡ
오 ~

사진도 찍으면서 훈훈하게 마무리 -

웃어라 -

- 는 무슨 매일 열 받게 하는 동생

엄마 -
언니 방송하는거 들어 봐
잘하는 척해 -
손님 여러분 -
방송문 유출 안되게
지워라 -
앞으로 스케줄
절대 안 알려 줌

08

스케줄 근무의 장단점

그림으로 보는 스케줄 근무의 장단점 -

재미로 봅시다 -♡

병원, 은행 등을 반차 없이 갈 수 있다.

입출금
D11
대기인수 0명
JJ은행
텅 -

귀찮은 약속을
근무 핑계로 안 갈 수 있다.

회원님 언제 쉬세요?
웅..! 제가 담주엔 다 비행이어서요 ㅠㅠ
그 다음주 화요일은요?!
비행이요!
껑-
...진짜죠?
운동 가기 싫어-

그리고 제제 씨에게 제일 중요한-
유명한 맛집에 대기가 적다!

여기 진짜 유명한데!
오 대기없다-
가보자!

물론 단점도 있어서
기념일에 근무할 수도 있다.

기 념 일
매 번 있으니까 . .

그리고 내 생일에 근무할 수도 있다.

생일은 매 년
돌아오니까 . .
생일에 민감한 타입

또 크리스마스에 근무할 수 있다.

안녕하십니까 ~
어서오십시오 -
마이 페이버릿
홀리데이 . .

연말 연초에 근무한다...
연휴에 근무한다...

손님 여러분,
우리 비행기는 잠시 후 -
나도 내리고 싶다

09

명절과 승무원

명절은 승무원에게 있어 바빠지는 시기이다.

Wednesday	Thursday	Friday	Saturday	Sunday
	추석 (음) 8.15		개천절	
30	1	2	3	4

Q. 이때 승무원이 드는 생각으로 옳은 것은?

1) 만석이겠네..

2) 인공 붐비겠네..

3) 회사에서 우수 또 이벤트 하겠네..

정답> 1, 2, 3 다...

비행이 명절 승후군을 피하는
방패가 되어 좋을 때도 있지만

용돈 어택
잔소리
집안일
비행간다 !!

주변으로부터 이런 오해를 받기도 한다.

넌 티켓 비싼 명절에
공짜로 타서 좋겠다 —

(할말하않)

그러나 실상은
자리가 없어 못 탈뿐더러

대부분의 복지 항공권은 대기 티켓이기에
자리가 있어야만 탑승 가능

JJ 001 GMP-XXX
JJ 002 GMP-XXX
JJ 003 GMP-XXX
만석!
확정 티켓도 있지만 조금 비싸고
그나마도 손님 우선 —

평소보다
더 바쁘게 일한다.

사람 봐 —
남들이 쉴 때
난 더 바쁘지..

항공사 최대(?) 복지를 가장 못 누리는 건
제제 씨 본인이다.

연차가 나와야
어딜 가든 하지..
무념무상 —

10

방콕 이야기

제제 씨의 부모님은

방콕으로 신혼여행을 갔는데

그 곳에서 한 가지 약속을 했었다.

우리 이 다음에 아이들이랑 같이
다시 오자 —
그래!

예, 김사장님 —

그러나 현실과 일에 치여
20년이 지나도 가지 못했고

부모님은 늘 미안해하셨다.

아빠가 참 미안해...
아니, 아빠가
뭐가 미안해!

그리고 20XX년,
말레이시아로 첫 가족 해외여행을 갔다.

와 저기 가 보자 ㅡ

여행을 다니며 해외에 익숙했던 나와 달리

예쁘게 찍어주라 ♡
KUALA LUMPUR CITY GALLERY

부모님은 아이처럼 좋아하셨고

오 아빠~
잘 나온다 !!

작은 아쉬움도 남았지만, 행복한 시간을 보냈다.

여기도 너무 좋지만 ㅡ
다음엔 꼭 방콕에
가족 다 같이 가자
그러자 !

그리고 승무원이 된 후
방콕에서 4일을 보내는 스케줄이 나왔다.

11	12	13	14
← BKK			
			제제 씨 동생 생일

이 소식을 바로
가족 단톡방에 알렸다

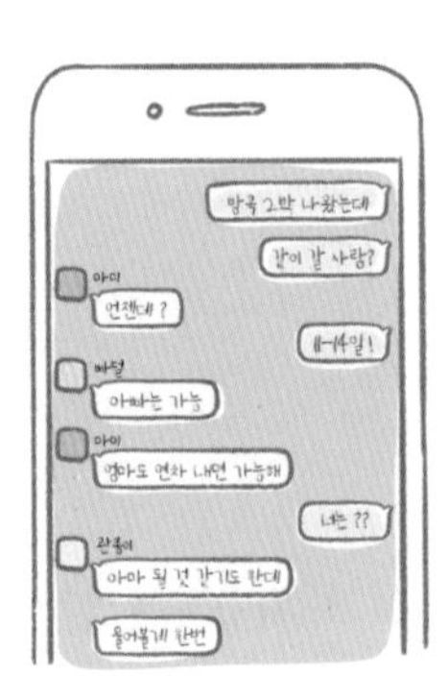
방콕 2박 나왔는데
같이 갈 사람?
언젠데 ?
11-14일!
아빠는 가능
엄마도 연차 내면 가능해
너는 ??
아마 될 것 같기도 한데
물어볼게 한번

해외에서 가족들을 만나는건
또 다른 설레는 일이었고

우리 가족들~
또 잰 찍고 있네 -

평소에 한 개를 주문하던 맛집에서는
여러 메뉴를 함께 나눠 먹으며

혼자 받던 타이 마사지도 가족들과 같이 받았다.

* 낙낙 (세게), 잽 (아파요)만 알면 마사지 정복 끝

동생에게는 방콕에서
깜짝 생일 파티를 선물했고

이거 이거 내 선물!!
열어 보셈—
딸 축하한다~

20여 년 전 그 날과 같은 장소에서
가족사진도 남겼다.

일 때문에 오래 함께할 순 없었지만

언니 이거 봐
예쁘지?
이미 가 봤어

잘 도착했니?
저거 봐!
우리 이제
저거 한다~

즐거워하는
가족들을 보면서

부모님의 오랜 숙원을 풀어드린 것 같아
괜히 뿌듯했다.

재밌게 놀고있네~
난 퇴근 중!

그리고 그때 찍은 사진은
꽤 오랫동안 프로필로 남겨 뒀었다.

추억 속에 산 지 10개월 째..

\ 프사 안바꾸니 ?? 좀 바꿔라 (엄마) /

시워해요!!
또 같이오자
행복♡
BANGKOK
~7,9
이번년도에
또올거
지 최고!

11

승준의 시작

바야흐로 제제 씨가 승준생이던 시절 –

제제 씨는 키가 작으니까
좀 힘들겠다..
외항사는 어때요?

주변 사람들의 시선이 두려워서

저 승무원 준비해요 –
흐음...
1) 니가?
2) 키가
3) 갑자기?
4) 아무나 하나
...

승무원 준비 한다고 주변에 말도 못했다.

마미♡
졸업하고 이제 뭐하니?
그냥 좀 놀려고
마미♡
취업은?
모르겠어. 천천히 하지뭐..
마미♡
그래. 좀 쉬어

그래도 포기가 안됐던 제제 씨는

저희는 클래스가
이렇게 나눠져 있고요 ―

crew
ademy

같은 고민을 하는 글을 읽기도 하고

전체 ∨

카페 글쓰기

카페 채팅

즐겨찾는 게시판

전체글보기

공지사항

	제목
12104	160 이하 키 작은 예승이 계신가요 ㅠㅠ [8]
11847	현직에 키 작은 분들 정말 많나요? [4]
10335	키 작은 준비생 평가 부탁드려요 ~
9897	실제 합격 가능한 승무원 키? [5]
9648	OX항공 키 작은 분 봤어요! [10]
8401	승무원 키 많이 볼까요? [2]

더 높은 구두를 찾아 헤맸다.

11cm

더 높은 건 없나요?

더 높으면 가보시 때문에
티나요 —

키가 커진다는 운동들은 다 해 보고

꽤 효과를 봐서
1.2cm 정도 교정됨 -
그러나 관두면 돌아옴...

키가 커 보이는 면접복을
찾고 또 찾았다.

브이넥?
하이웨스트?

그래도 제제 씨는 제일 작았다.

치아미소 —

모의 면접 중

그러던 중 제제 씨의 첫 면접이 다가 왔다.

선형 결과조회 Home > 입사지원/확인

지원하신 채용공고에 대한
선형결과 입니다.

축하합니다 !!
제제님은 XX항공 상반기 객실 승무원 채용
서류전형에 합격하셨습니다.
다음 전형 관련 안내는 하단에서 확인하실 수 있습니다.

[면접 복장 안내]
1. 여성
가. 상의 : 흰색 반팔 블라우스
나. 하의 : 검정색 스커트 , 살색 스타킹
다. 신발 : 하이힐

12

첫 승무원 면접 1

서류 결과가 발표 나면
가장 먼저 해야 하는 건 숍 예약이다.

안녕하세요...
13일 예약 되나요?
XX항공인가요?
몇 시 면접이세요?
첫 지원 제제 씨보다
더 잘 아심

그리고 면접 기출과 회사 정보를 정리한 후

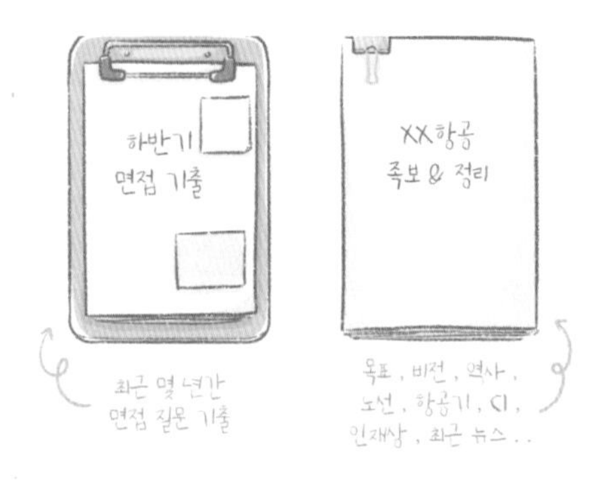
하반기
면접 기출
XX항공
족보 & 정리
최근 몇 년간
면접 질문 기출
목표, 비전, 역사,
노선, 항공기, CI,
인재상, 최근 뉴스..

다이어트를 하면서

내 일주일 양식 ㅡ
Total Soy
어휴 ㅡ 왜 몸무게를
저렇게 적어서 내서..
XX항공 0반기 채용
몸무게 4X kg

스티디와 모의 면적을 빽빽히 잡아
계속 연습한다.

3	4	5	6
18:00 서류 발표	11:00 정규 스터디	12:00 신촌 13:00 홍대	14:00 강남 반짝
10	11	12	13
11:00 홍대 특강	11:00 정규 스터디	13:00 신촌 15:00 특강	10:30 기상 11:30 메이크업
17	18	19	20
	~~11:00 정규 스터디~~		

힘들어서 자체 휴강

그렇게 며칠이 지나고 면접 당일

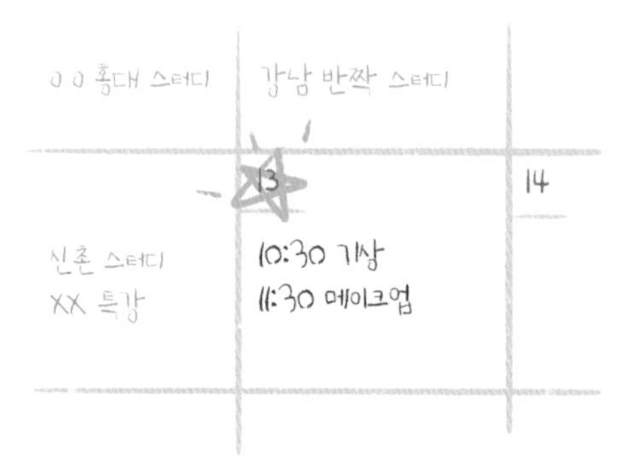

○○ 홍대 스터디
강남 반짝 스터디
13
14
신촌 스터디
XX 특강
10:30 기상
11:30 메이크업

아침 일찍 일어나 예약했던 숍으로 향한다.

화사하고 밝게 —
다크서클 가려주시고 . . .
눈도 크고
내려가게요 !
뽕 엄청 높게 올려주세요 —
*중요
Tip)
후리스나 남방처럼
앞이 열리는 걸 입기
(면접복 갈아입기 용이)

헤어와 메이크업을 받은 다음 –

민둥
민둥
뽕
뽕
내가 내 모습이 어색함 –

깔창을 깐 구두를 신고 면접장으로 향한다.

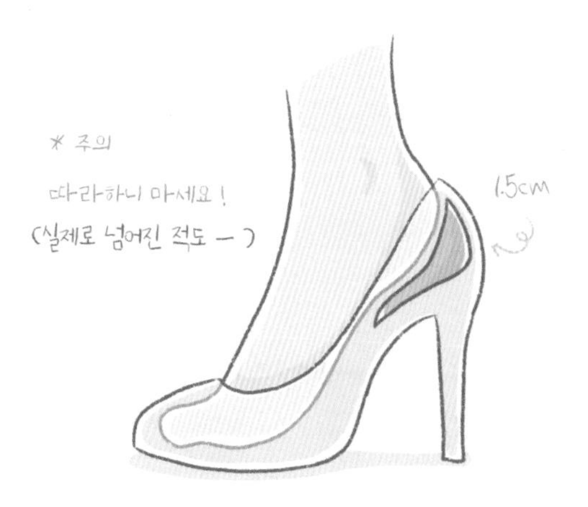
* 주의
따라하지 마세요!
(실제로 넘어진 적도 –)
1.5cm

13

첫 승무원 면접 2

면접장에 도착하면 앉아서 대기하다

와 ー 다 승무원 같다 . .

호명되면 본인 확인을 하고

나 빼고 다
진짜 승무원같아 . .

짜부 ㅡ
뽕도 다 누름 ㅡ

옆으로 이동해
키를 잰 후

오픈 톡에서 후기를 보며
순서를 기다린다.

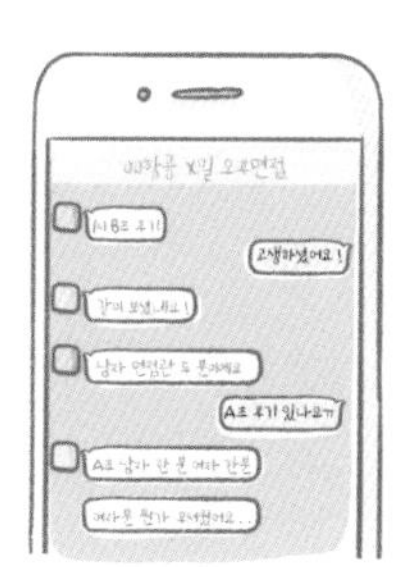
고생하셨어요 !
A조 후기 있나요ㅠ

그렇게 면접 차례가 오면 조 별로 모이는데

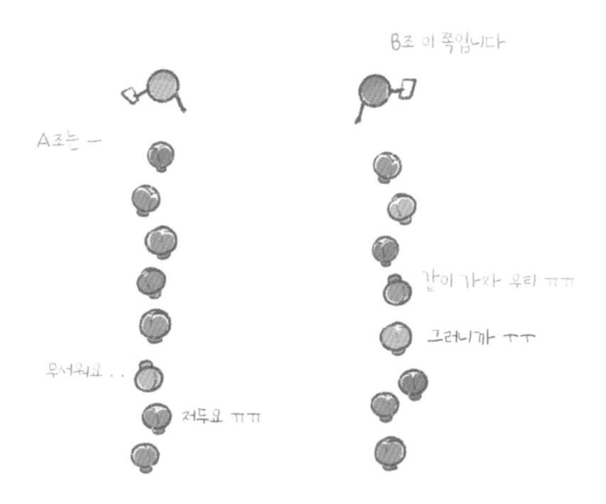
B조 이쪽입니다
A조는 ㅡ
같이 가자 우리 ㅠㅠ
그러니까 ㅜㅜ
무서워요 . .
저두요 ㅠㅠ

앞 지원자들이 나온 후

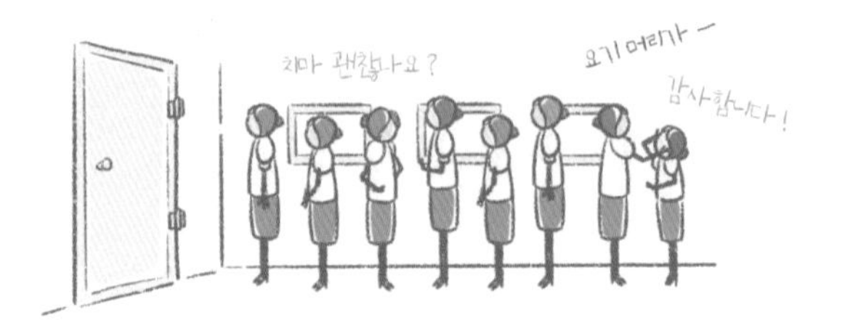

치마 괜찮나요?
요기 머리가 ㅡ
감사합니다!

가장 떨리는 벨소리가 들리면

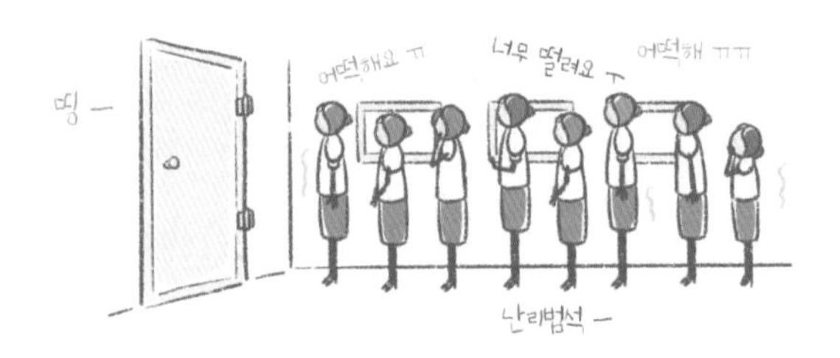

띵 ㅡ
어떡해요 ㅠ
너무 떨려요 ㅜ
어떡해 ㅠㅠ
난리법석 ㅡ

번호 앞에 서서
면접이 시작된다.

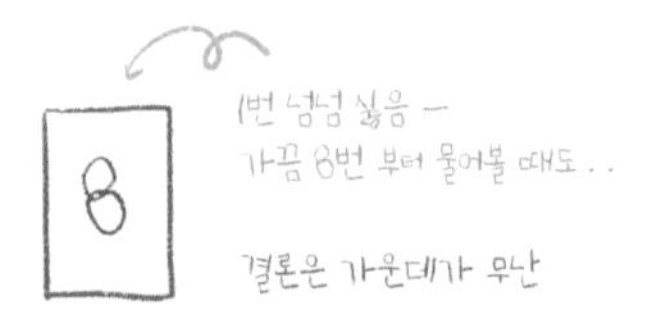

8
1번 넘넘 싫음 ㅡ
가끔 8번 부터 물어볼 때도..
결론은 가운데가 무난

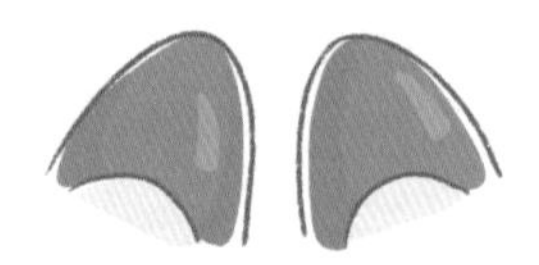

정면에는 나를 정말 보고 있는지
헷갈리는 면접관이 보이고

* 지원자 안봄 *
타닥 -
타닥
제일 무서운 타자소리

몇 번 연습했던 질문에
똑같이 대답하다보면

네 -
저의 장점은 . .
대답 봇 -

너무나도 짧았던 내 첫 면접이 끝나 있다.

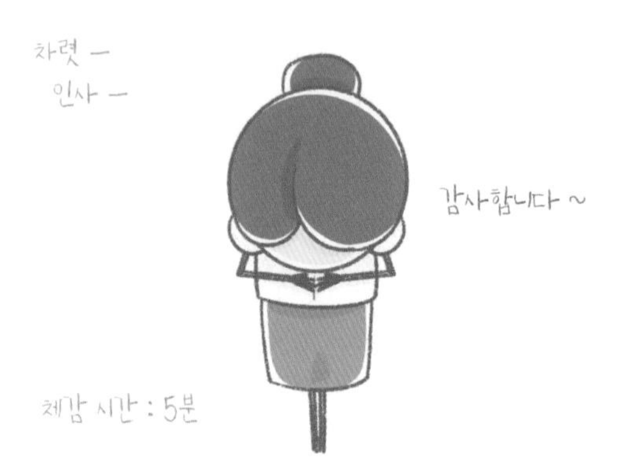
차렷 —
인사 —
감사합니다 ~
체감 시간 : 5분

그리고 면접의 마무리는 치킨으로—

고작 이 10분을 위해
아침부터 이 고생을 . . .
야 집이냐 ?
치킨 먹자
동생 (백수)
스노윙 반반

14

합격하면 하고 싶던 것

합격하면 하고 싶었던 것 1
- 엔진 앞에서 사진 찍기

실제론 위험해서
스텝카에서 찍기
날씨 좋은 날 제주 뻥타임 때 찍으면
얼마나 예쁘게요 ~?

합격하면 하고 싶었던 것 2

– 유니폼 입고 프로필 찍기

그리고 친구랑 유니폼 바꿔 입고 사진 찍기

합격하면 하고 싶었던 것 3

- 가족 태우고 함께 비행 가기
손님 여러분,
XX까지 가는 재재항공…
저거 언니네 ㅋㅋㅋㅋ
그러네~

그러나 현실은…

안녕하십니까-
보딩하느라 정신 없음
언니다 ㅋㅋㅋ
그러네~

그림으로 보는 동기 유형

그림으로 보는 동기 유형

재미로 봅시다 —♡

1) 알파고형 - 모든 회사 공지를 꿰고 있다.

우리 프로시저 바꼈어?
응 XXX때매 공지 났잖아 ~ ~~~~~ 하면 돼
크 — 역시!

2) 이레형 - 모든 기내 각종 이벤트 담당

(Irregular : 각종 비정상 상황)

나 오늘 또 ~~~있었잖아
하.. 언닌 역시..
이제 아무렇지도 않아 —
언닌 이제 그냥
이레의 표본이야 —

3) 블랙담당형 - 모든 블랙 선, 후배와의 비행 콜렉터

내 스케줄 봤니..?
뭐야?
거의 블랙 콜렉터인데?

4)리더형 - 동기 사이에서 리더역을 담당

얘두라 우리 N주년인데 다같이 보는거 어때 ?!
야들아 투표 좀 해주라 ~

5) 디스패치형 - 누구보다 빠르게 뉴스를 공유하는 소식통

다들 이거 봤어 ?!
와 뭐야 ?!
대박이지 ―

6) 블로거형

- 맛집, 핫플 등 물어보면 다 나오는 정보통
(디스패치형과 유사해보이지만 다름)

주로 잘 돌아다니는 인싸 느낌
JJ 호텔 근처
맛집 아는사람 ??
요기 존맛탱 ㅡ

7) 꼬꼬마형

- 기수 별 제일 작은 아이...

나요 나 ㅡ
어떤 기수는 164..165..
나는...

16

탑승권 검사

한국은 비행기 탑승 시 탑승권을 확인한다.

안녕하십니까~
탑승권 확인하고 있습니다—
JEJEair
Je je
FROM INCHEON
TO SAIPAN
DATE 04FEB
FLIGHT JJ001
CLASS H
SEAT 10F

이것은 승객의 오탑승, 오진입을 방지하기 위함이다.

001편 여기~
002편 저기—

여러 번의 검사를 통해서도
잘못하는 경우가 생기기 때문에

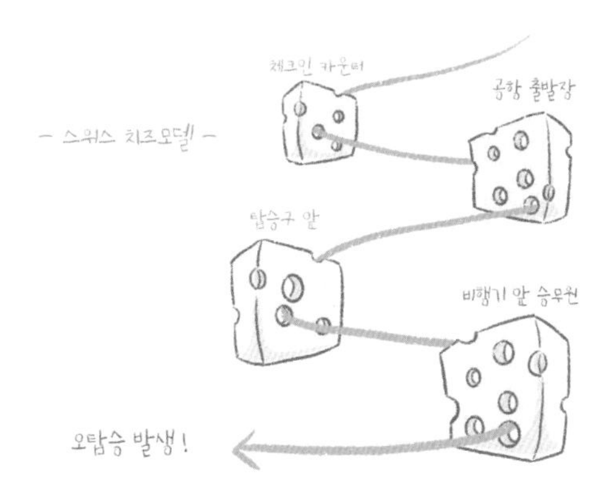
체크인 카운터
공항 출발장
- 스위스 치즈모델! -
탑승구 앞
비행기 앞 승무원
오탑승 발생!

승객 탑승 시 중요 업무 중 하나는
탑승권의 날짜와 편명을 확인하는 것이다.

JEJEair
Je je
FROM BUSAN
TO SUVARNABHUMI-
DATE 17SEP
FLIGHT
JJ002
CLASS
S
SEAT
26A
오늘 002 편에
탑승하는 승객 확인!

그리고 업무가 익숙해지면 시야가 넓어져
다른 정보까지 안내할 수 있게 된다.

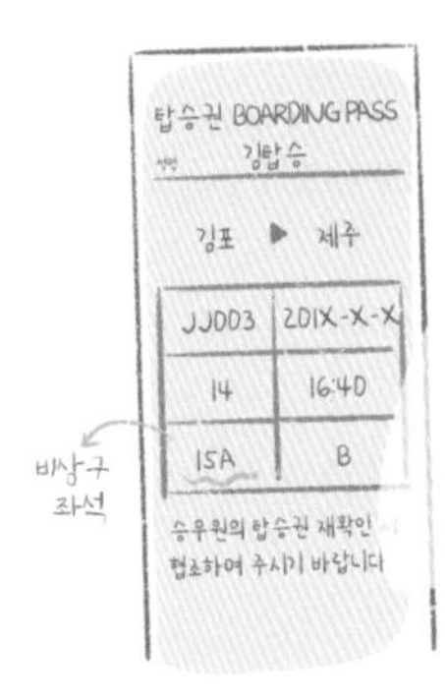
탑승권 BOARDING PASS
김탑승
김포 ▶ 제주
JJ003
201X-X-X
14
16:40
15A
B
비상구 좌석
승우원의 탑승권 재확인 시
협조하여 주시기 바랍니다

모든 짐 머리 위쪽
선반에 보관해주십시오 —

하루는 열심히 탑승권 검사를 하던 중

제주행 탑승권
확인하고 있습니다 ~
탑승권

남자친구의 이름이 보였다

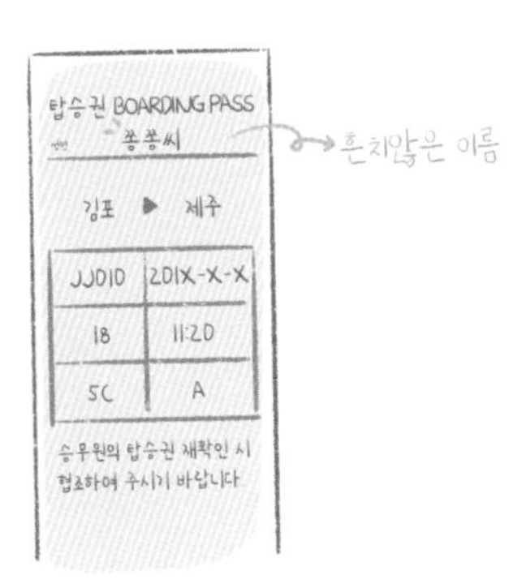

탑승권 BOARDING PASS
쫑쫑씨
흔치않은 이름
김포 ▶ 제주

JJ010	201X-X-X
18	11:20
5C	A

승무원의 탑승권 재확인 시
협조하여 주시기 바랍니다.

날 위해 몰래 탑승한 줄 알고
설레고 있었는데

짠 — 서프라이즈 ~~
어휴, 나 보려고
몰래 왔구만 —

그냥 이름만 같은 동명이인이었다.

저 이름이 또 있다니 —

더 우쭐했으면 민망할 뻔 —

어, 어서오십시오 —
쌤 —

17

1인 N역

서울에서 함께 살고 있는 제제 자매는
꽤나 돈독한 사이다.

We
Are
Sisters

하루는 바쁜 성수기 시즌에
동생의 수술이 겹친 적이 있다.

승무원은 스케줄이 나오기 훨씬 이전에
연차를 신청해야 하기 때문에

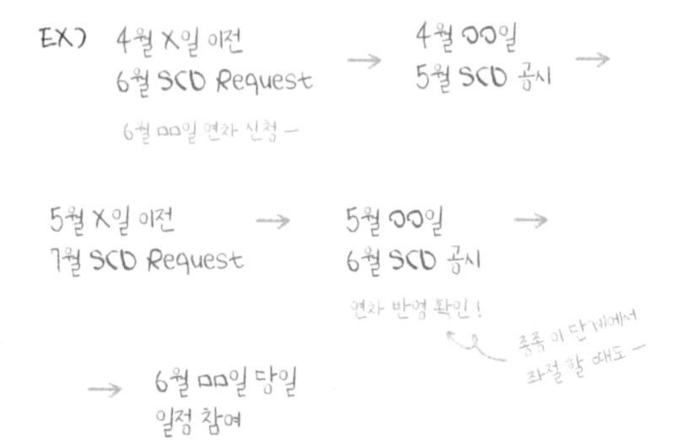
EX) 4월 X일 이전
6월 SCD Request
6월 ㅁㅁ일 연차 신청 —
4월 ㅇㅇ일
5월 SCD 공시
5월 X일 이전
7월 SCD Request
5월 ㅇㅇ일
6월 SCD 공시
연차 반영 확인!
종종 이 단계에서
좌절 할 때도 —
6월 ㅁㅁ일 당일
일정 참여

갑자기 함께 갈 방법도,
뭔가를 해줄 수 있는 것도 없었다.

아냐 —
혼자 가는게 편해
큰 수술도 아님
할머니
대축제
이 날은 갈 수 있는데 —
못 바꿔?

그리고 수술 당일,
차마 떨어지지 않는 발을 떼고 출근했다.

진짜 가?
응 얼렁 가 —

가족에게 큰 일이 생겼을 때

좀 어때?
웅 괜찮아 —

내가 없으면 어쩌나 — 하고

그리고 번번히 퇴근 후
급한 부재중 전화가 와 있었고

최근통화
아이 (6)
010-XXXX-XXXX
동생 (3)
010-XOXX-XXXX
바덩 (2)
010-OXXX-XXXX
퐁퐁이
010-OOXX-XXXO
동생
010-XOXX-XXXX

늘 일이 끝난 후 전화를 걸면
이미 해결된 후였다.

나 이제 퇴근했어
무슨 일이야?
아 이제
괜찮아 ~
아..
큰일이었어?

많은 역할을 동시에 다 해야 한다는 것ㅡ

바쁘다 바빠
현대 사회ㅡ

내 모든 역할을 수행할 수 있게 되는 건
참 힘든 과정인 것 같다.

어른의 계단

3장

DATE . . .

오늘도 힘내요, 제제 씨!

01

도토리 승무원

얼마 전 다녀온 비행에서 있던 일이다.

다들 컨디션 좋으시죠?!
네 좋습니다!
네!

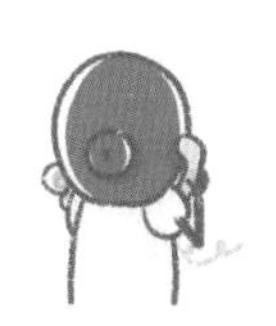

비행 전
모든 업무를 끝내고

보딩 시간까지 여유가 있어
이야기를 했다.

다들 키 크시다—
평소엔 편조에서
제가 제일 큰데!

키가 다들 어떻게 되세요?!
전 175 입니다!

얼마전에 키를 쟀는데—

저는...
작습니다...

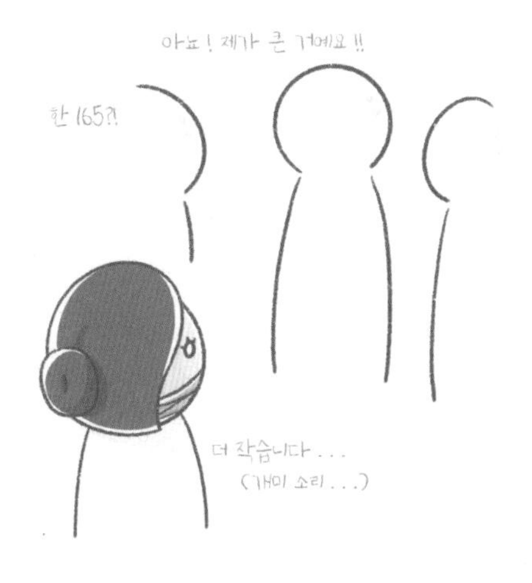
아뇨! 제가 큰 거예요!!
한 165?!
더 작습니다...
(개미 소리...)

그렇게 안 보여요!
맞아요!
전 괜찮습니다...

그리고 그날 창에 비친 모습은 처참 그대로였다.

제제 씨 제외 (70대 중반—

02

퇴근 길

비행을 마친 제제 씨는

수고하셨습니다!
제제 씨 잘 가요~
조심히 가요~

높은 굽을 신고 퇴근한다.

구두는 다양한 종류가 있는데

3cm

5cm

7cm

기내화

램프화

기내 근무용

기내 근무 이외에 이용

*제제 씨 회사 기준

취향에 따라 골라 신을 수 있게 되었지만

3cm

5cm

7cm

출퇴근 시 기내화 착화 가능 ―
(회사)

제제 씨는
늘 키가 커 보이고 싶다!

하루는 출근 중 누군가 다가와
키를 비교한 적도 있었는데–

조심–
기웃–

제제 씨는 키 작은 승무원 준비생에게
희망을 줄 수 있어 행복했다.

하지만 힘든 비행 후에는
그런 걸 신경 쓸 겨를이 없다.

엽떡 반반에
주먹김밥 추가요 —
맛있게 부탁드려요 —
3cm 가나화 —

03

건강 팔이 소녀

어렸을 때부터 발목이 좋지 않았던 제제 씨는

인사해 ㅡ
내 10년지기
(보)호대야

늘 높은 구두에 걱정을 안고 살았다.

너무 높은 거 아냐?
근데 난 높은 거
신어야 해 ㅠㅠ

입사 후에는
장시간 서서 일하거나
바쁘게 걸어다니다보니

띵 —
네에 ~
저기요 ~
물 좀 주세요 ~
걸어서 밤콕 —

점점 더 발목이 안 좋아졌다.

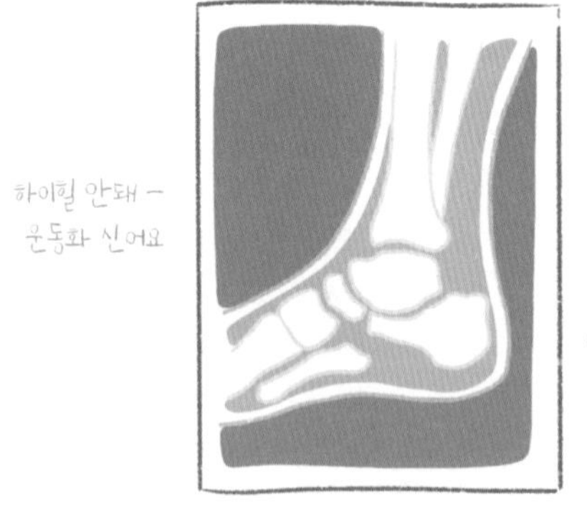
하이힐 안돼 —
운동화 신어요
구두 신고
일해야해서..

인턴 일 때는 진통제를 먹어가며 출근하고

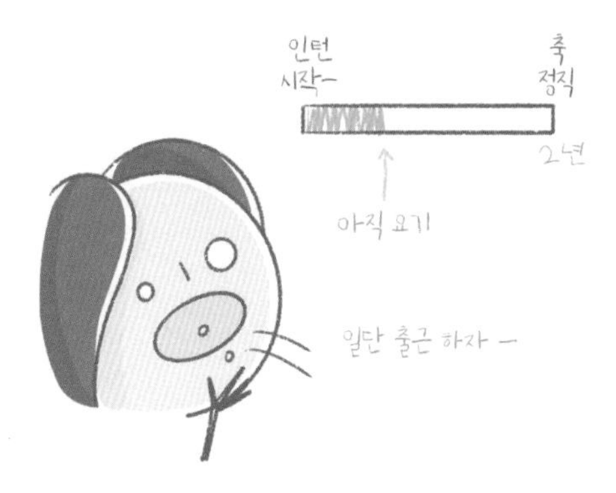
인턴
시작–
축
정직
2년
아직 요기
일단 출근 하자 –

병가를 낼 수 없는 레이오버 중에는
붕대를 감고 일하기도 했다.

오 일단 움직일 수 있겠다 –

가끔은 이렇게 무리해서 근무하는 게
맞는 걸까 라는 고민도 했었다.

식업에 대한 애착과 건강에 대한 고민 사이에서
나는 뭐가 더 중요했던 걸까 —

제 건강 사세요~

건강을 팔아 돈 버는 느낌 —

04

제제 씨와 캐리어

제제 씨는 입사 후 집을 두 번 옮겼는데

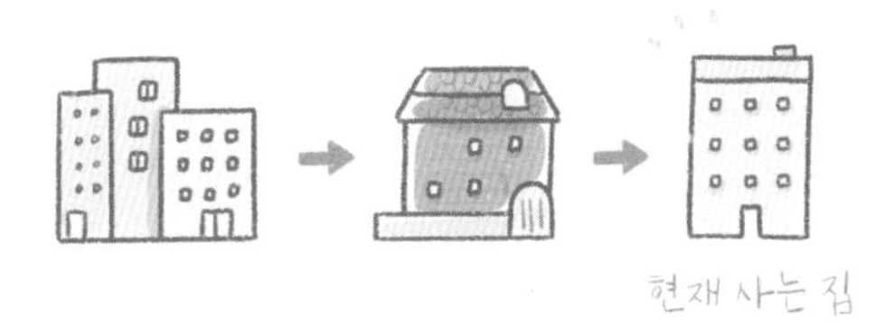
현재 사는 집

두 번째 집에는 엘리베이터가 없었다.

어서 와 ~
휴 —

302
집에 가는 길은
멀게만 느껴졌고

매일 낑낑대며 캐리어를 들고 올라갔다.

그러다 가끔 너무 피곤한 퇴근 길이 있는데

와 진짜 너무 피곤해..

그럴 때 사용하는 방법이있다.

어, 나 밑이야
얼른 나와 ㅡ

. . .

하수인(동생)을 불러 간단히 해결 –

어휴 진짜 –
마트 털어왔엉
선물줄게 ~

05

쇼핑의 이유

제제 씨는 해외에서
돌아다니는걸 좋아하는 만큼

마트나 시장에 가서 쇼핑하는 것을 좋아한다.

오—
하나 사 볼까?

그래서 퇴근한 제제 씨의 캐리어는

짜잔 ~
오늘은 무엇이 있을까요 ㅡ

늘 주변 사람을 위한 선물들도 한가득이다.

100
ARCHCAFÉE
vina min
PHO
Hải Hải
동생을 위해 착한 언니가
사온 간식들이지롱 ~
또오?!
저 것들도 아직
다 못 먹었는데 ㅡ

그러다 문득, 퇴근하던 부모님 손에

OX통닭
티오

자주 간식이 들려 있던 게 생각났다.

난 초코!
난 건포도 싫은데...

좋아하던 간식도

싫어하던
간식도 있었지만,

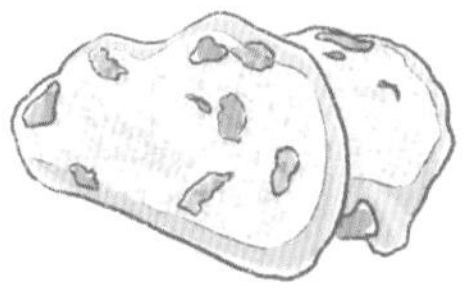

오늘은 어떤 간식이 있을까 기대하며
부모님을 기다렸었고

아빠 ― 오늘은
간식 모예요 ?
간식 ~
간식 ~

그런 딸들을 보며 부모님은
행복을 느끼셨던 것 같다

콜라맛 다 내꺼!
내꺼 내놔 !!

그리고 직장인이 된 지금,
나 역시 힘들어도 선물은 꼭 사오는 건

뿌우 —
제제 와쪄염 —

힘들게 돈을 버는 —
그 이유를 만들고 싶었던 것 같다.

우와 —
내께 많다 ~
고마워 ~
초코
초코
초코
젤리
젤리
젤리

06

짐 꺼내기

제제 씨가 탄 비행기가 착륙하면

살포 — 시

모든 손님이 무사히 내리실 때까지
확인하며 대기한다

너무 안쪽이라
안 닿는데...
네 ~ 손님
도와드리겠습니다 ─

각 좌석에는 밟고
올라갈 수 있는 곳이 있는데

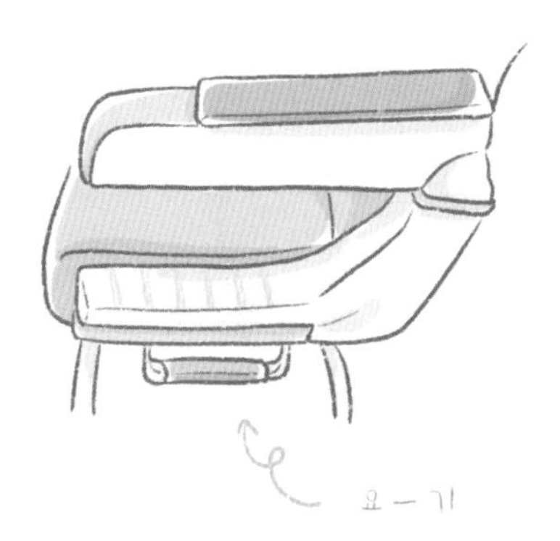
요 ─ 기

잘못된 자세 ㅡ
제제'S 팁 ㅡ
고개를 아래로 숙인 채
한쪽 발에 중심을 옮겨
지렛대의 원리로 반대 손을
쭉 올리면 최대 높이 도달!
: 암리치 연습법

키 작은 제제 씨는 단골 이용객이다

!!!
미끌ㅡ 쓰~

암레스트
어택 ―

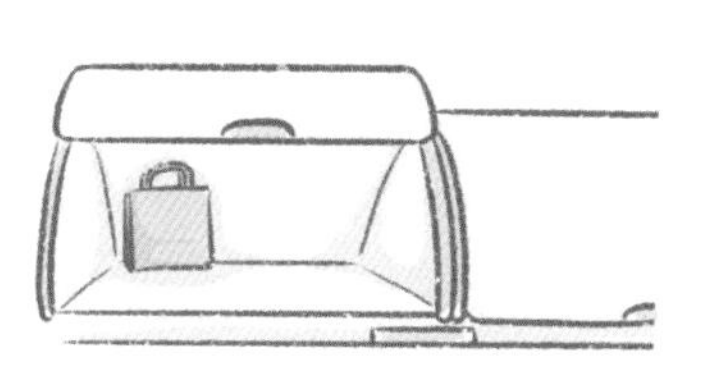

괜찮으세요 ?!
죄송해요 ㅠㅠ
아뇨!
괜찮습니다 ~
욱신 ―

인생 최대 크기의 멍을 얻었다.

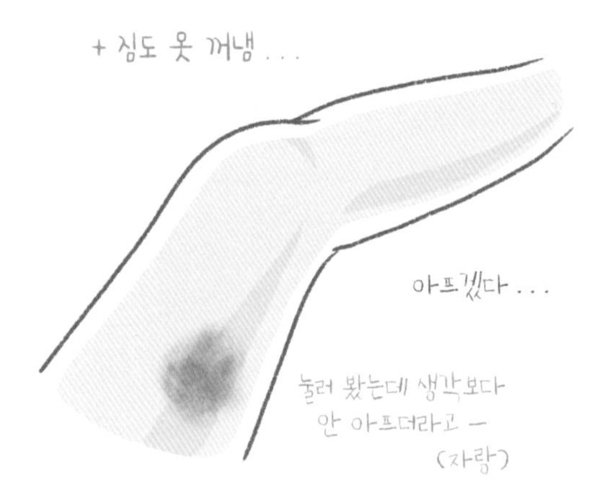
+ 심도 못 꺼냄 . . .
아프겠다 . . .
눌러 봤는데 생각보다
안 아프더라고 —
(자랑)

07

첫 응급 상황

갓 라인에 올라온 병아리 승무원 시절 –

기내에 응급 환자가
발생한 적이 있다.

이때 승무원의 협동이 정말 중요하다.

손님 여러분 중
의사나 –
손님 괜찮으십니까?
기장님,
지금 응급환자가
네, 손님 지금 –
등등 각자 나눠서 상황을 대처한다

당시 머릿속에는
훈련 내용들이 떠다녔지만

CRM ?
기장 보고 ?
의식 확인 ?
Communication ?

내가 할 수 있었던 건
시킨 일을 겨우 해 내는 거였고

제제 씨, 이거 좀
찾아 줘요 !
네, 네 . . !

나를 제외한 모든 승무원들은
상황을 해결하고 있었다.

분주 ㅡ

다행히 모든 일이 마무리되고
무사히 착륙했지만

제 몫을 해내지 못했다는 자책감이 들었다.

다들 고생 많았어요 ㅡ
전 한 게 없는 것 같습니다
사무장님...

기내에 내가 있는 이유는 뭐였는지 ㅡ

처음엔 다 그렇죠
그렇게 하나씩
경험을 쌓는거지 ~
괜찮아요
잘했어 ㅡ

내 팔에 있는 승객 50인의 안전,
그 무게를 크게 느낀 그날

책임감...

그 뒤로 한동안 틈만나면
업무 규범을 읽고 또 읽었다.

음! 음!

08

마음 잡기

어느 날 찾아온 힘든 스케줄 -

- 총 5일

쇼업
국내선 두레그
Hotel
다음날
사작
GMP-CJU
CJU-지방
다음날
Hotel
다음날
지방발
일본 퀵턴
새벽..
국제선 밤샘 퀵턴
Hotel
다음날
지방-CJU
CJU-GMP
퇴근
국내선 두레그

...을 소화하고 드디어 마지막 날!

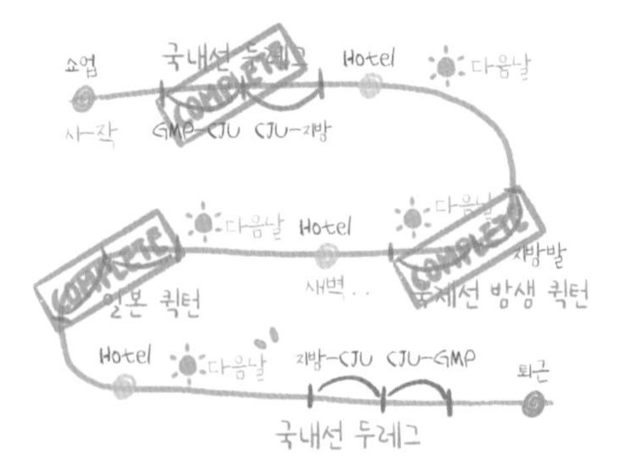
쇼업
국내선 두레그
Hotel
다음날
사작
GMP-CJU
CJU-지방
COMPLETE
다음날
Hotel
다음날
지방발
COMPLETE
일본 퀵턴
새벽..
COMPLETE
국제선 밤샘 퀵턴
Hotel
다음날
지방-CJU
CJU-GMP
퇴근
국내선 두레그

여느 때처럼 비행기에서 손님을 맞는다.

안녕하십니까 —
탑승권 확인 중입니다
여긴 어딘가 —
난 누구인가 —

그날은 어르신 단체 팀이
두 팀이나 있어 조금 더 시간이 걸렸는데

그거 말고..
영수증
or 신분증
ㅌ..탑승권..
??
뭐요?
티켓 확인하겠습니다 ~
자리
어디요?

그때 탑승하신 한 손님께서—

아이고 —
축하드려요 ~
네..?!

제가요 —
오늘 난생 처음으로
비행기라는걸 타거든요
이제는 제 기억에
함께하시겠네요 —

혼자 찡 — (속마음)
귀찮더라도
잘 부탁해요 ~
아뇨 ~ 저희가 오히려
모시게 되어서 영광이죠 !
불편하신 점 생기면
언제든지 말씀해 주세요 —

기대로 가득 찬 손님들을 생각하며
다시 마음을 잡아 본다.

밝음
안녕하십니까 ~
밝음
내가 기억되지 못하더라도
여행에 늘 좋은 기억만
남을 수 있도록 —

09

멀어져 봐야 알 수 있는 것

코로나로 인해 잠시 동안 휴직이 결정 나고
마지막 비행에서 돌아온 후

으... 집가서 자자...

지난 쉴 새 없던
일상들을 뒤로하고

빡빡한 스케줄

DOM GUM RF
MNL OFF BKK

계속된 새벽 출퇴근

하루 종일 아무것도 하지 않으며

뒹굴 ㅡ

나무토막처럼 허송세월을 보냈다.

그렇게 2주가 지나고

난 백수가 체질인가봐ㅡ

오랜만의 외출에서 승무원을 봤을 때

새삼 저런 일을 했었나 꿈같기도 하고

모든 일이 아주 오래 전인 것 같이 느껴졌다.

게시물

jeje_little
Guam
01234님 외 여러 명이 좋아합니다.

jeje_little
Guam

일상을 잠시 떠난지 X개월...
그 동안 알게 된 것은 -

머-엉

일에 지쳐 잊고 있었지만,
난 내 직업을
많이 좋아하고 있었다는 것

왜 항상 모든 건 뒤늦게 소중함을 깨닫는지...

다시 돌아가면 이제 꼭 잊지 말자고 -

노래방에서

늘 함께 면접 준비를 했던 언니가 있었다.

결과 알기 전까진 행복해~
이번 주 안엔 나오겠지?!
띠링—
띠링—

하루는 밥을 같이 먹던 도중 결과가 나왔고

귀하의 능
출중하나
...

여느 때처럼 불합격 통보를 받았다.

나 떨어졌어 —
넌?
나도 탈...
귀하의 능
출중하나
...

참 밥맛 떨어지는 하루였다.

야 — 술 먹자 —
웅..
하필 지금 나오냐 —

그랬구나 —
그랬어 —
백아연
— 이럴거면 그러지말지

그리고 그날 노래방에서 부른 노래 가사는
상황과 맞아떨어져 더욱 슬프게 했다.

오 — 정말요 ?!
대답 술술 ~
좋았는데 넌
아니었나봐 —

우리 여기 붙으면
이거 타고 여행가자!
그래!
어디 갈까?!
그랬구나~ 그때 넌 -
그런 줄 모르고
나 혼자 -

탈락 전적을 하나 더 세운 대신
언니와 더 친해진 날 -

우리 인생 -
힘내자 -
언니 더 서러워..

11

너무 많은 탈락을 겪다 보면

너무 많이 탈락을 겪다 보면

탈락
서탈
탈락 point 적립 중 ㅡ
서탈 모음집
실탈 모음집

채용 결과를 전부 읽지 않아도
합불을 알 수 있는 능력이 생긴다.

삐빅 ㅡ
불합격입니다 ㅡ
합불 탐색기

일단 합격일 경우 –

한 눈에 컬러풀함이 느껴짐

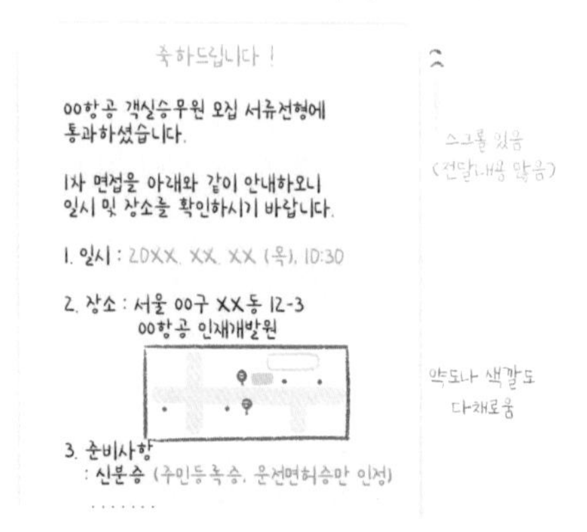
축하드립니다 !

00항공 객실승무원 모집 서류전형에
통과하셨습니다.

1차 면접을 아래와 같이 안내하오니
일시 및 장소를 확인하시기 바랍니다.

1. 일시 : 20XX. XX. XX (목), 10:30

2. 장소 : 서울 00구 XX동 12-3
00항공 인재개발원

3. 준비사항
: 신분증 (주민등록증, 운전면허증만 인정)
....

스크롤 있음
(전달내용 많음)
약도나 색깔도
다채로움

그리고 불합격일 경우 –

한 페이지에 짤막 –

제제님

객실승무원 채용에 지원해주셔서 감사합니다.
안타깝게도 제제님께서는 1차 면접 전형에서
불합격 하셨습니다.

단골

제제님의 자질과 능력은 높이 평가되었으나
제한된 선발인원 등 여러가지 제약요건으로
함께 일할 기회를 갖지 못하게 된 점을
매우 안타깝게 생각합니다.

다시 한번 지원에 감사드리며,
제제님의 건승을 기원하겠습니다.

스크롤 없음

검은색의
우울한 글씨들

12

백수의 생태계

동생과 취준 시기가 겹쳤던 적이 있다.

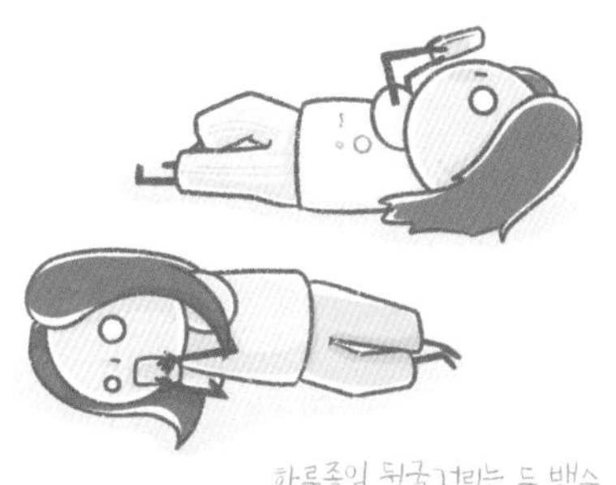

하루종일 뒹굴거리는 두 백수

둘 다 채용에서 떨어지는 날에는

언니 — 나 우울해 —
야 나도—
탈락!

집 안에서 술판이 벌어지곤 한다.

으앙 ~~
우리 술 먹자 ~
이미 치킨이랑 엽떡 시킴
OO의 민족
주문 ~

그 시절 집에 오신 부모님이
냉장고를 열면서 매번 하시던 말 ~

어휴 ~
냉장고 안이 온통
초록 병 투성이네 ~

조언은 결국 부수적인 도움이었고

흐림 뒤엔 늘 맑아지지 ~
될놈될 안될안이야
넌 '안될'이고 —
그런가 ?
맞아 ..

주로 도움의 손길을 내밀어 준 건 술이었다.

힘내렴 ~
모든걸 잊고 자려무나 —
이슬

13

꿈

오든 승무원이 항상 꾸는 꿈 –
그건 바로 미스하는 꿈이다.

Miss Flight : 비행 결근

DATE		From	To	Hotel
Fri 02 MAR	JJ003	ICN	BKK	
Sat 03 MAR	L/O	BKK	BKK	J Hotel
Sun 04 MAR	JJ004	BKK	ICN	
Mon 05 MAR	OFF	GMP	GMP	

Miss flight

헐 ㅡ 나 출근시간이야
응?

꿈 속에서는
늘 시간을 잘못 보거나
이상한 곳에 가 있고

TAXI
택시 택시!!

아무리 빨리 서둘러도
절대 시간 내에 도착할 수 없다.

꿈에서 깨면 눈 앞에 보이는
방 천장에 안도하지만

하..

곧 불쾌감을 동시에 느끼며 잠에서 깬다.

아 - 짜증나..

경력이 쌓이면 더 이상 꾸지 않을까...
해도 이건 경력을 가리지 않고 지속된다 -

오늘 또 미스하는 꿈 꿨자나 -
사무장님도 아직
그러십니까?!

물론 객실 승무원에 한정되지도 않는다...

어후, 오늘 아침
미스하는 꿈 꿨는데 —
기장님도 그러세요?!

그리고 이 작업을 한 다음 날
또 미스하는 꿈을 꿨다.

하.. 정말 —
심지어 퇴사해도 꾸는 사람도 —

14

알게 모르게 받는 상처

한참 티켓 검사를 하던 어느 날

어서오십시오 ~
환영합니다 ~
제주까지 모시겠습니다

어서오십시오 ~

한 단어가 유독 크게 들렸다.

작네 작아 —

괜한 자격지심인건 알지만

이 분은 작네 ㅡ

꽤나 그 말은 오래 가슴에 남았고

나쁜 의도는 없었을거예요 ~
걱정 말아요 !
에고 ㅡ
침울 ㅡ
(위로받으면 더 우울해지는 타입)

내가 그렇게까지 작은 존재인지
괜히 울적해졌다.

단아 —

저런 사람이
진짜 승무원인건가 —

그날 이후로
한동안 머리 뽕에 과하게 신경 쓰고

뽕
뽕

까치발을 들고 근무하기도 했었다.

안녕하십니까 —
부들
부들

그러나 많은 사람을 만나고

필요하신 거 있으세요?!
저 — 이거..

사람들에게 좋은 기운을 전달할 수 있는

안녕하세요!
승무원을 꿈꾸는
대학생입니다
오늘 이렇게 직접
비행기를 타니
설렘이 더...
예뻐요 ~

그런 일을
하고 있다는 걸

손님을 포함한 많은 사람들이 알려 주었다.

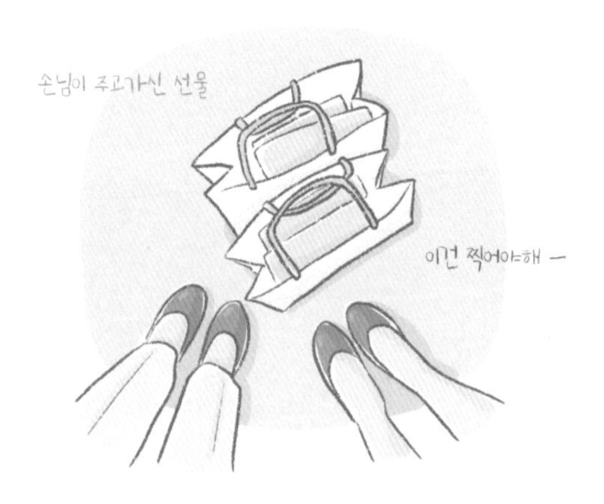
손님이 주고가신 선물
이건 찍어야해 ㅡ

결국 모든 건 내 마음에 달려 있는 걸—

나는
가치 있는 사람—

사랑
사랑

나는 나를 더 사랑해 주기로 했다.

4장

DATE . . .

사실 키가 작은 것은 매력입니다!

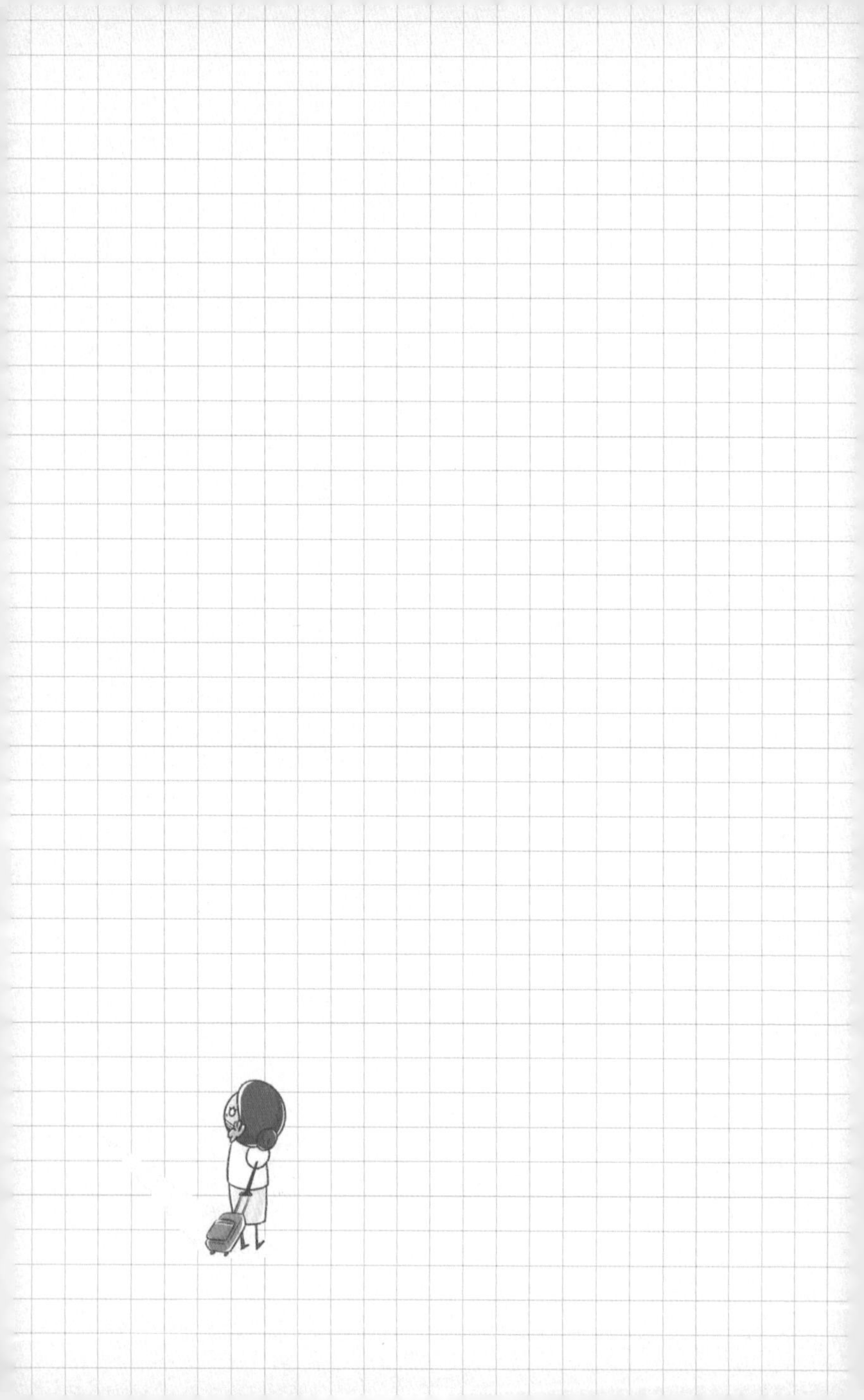

01

승무원이 된 이유

어릴 때부터
그림 그리는 걸
좋아했던 제제 씨는

자연스럽게
미대에 진학했고

야작 벌레 출몰

영혼 가출

어 . . . 이 작품은 . . .

평범한
대학 시절을 보냈다.

그리고 방학에는 취업 준비보단 여행을 다니며

in Wien
Budapest
Prague
days

여행의 순간을 기록하는 작가를 꿈꾸기도 했다.

요기쯤

그리고 베트남
한 시골 마을에서

여행 중
다리를 다쳤을 때

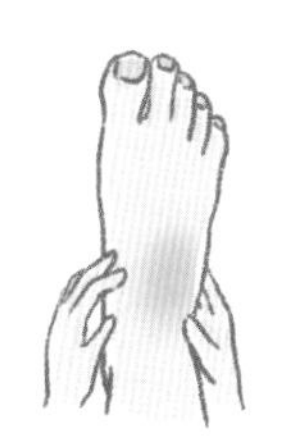

서툰 영어로 선뜻 손을 내밀어 준
한 호텔 직원을 보고

참 많은 도움을 받으면서
내 경험을 쌓아 왔단 걸 깨달았다.

그녀를 보며 나 역시 '여행'이란 순간을
빛내 주는 사람이 되고 싶었고

Are you okay?

여행의 첫 단추에서 좋은 기억을
만들 수 있는 일을 하고 싶었다.

항공과
모집
아니야 —

그리고 어릴 때
꿈만 꿔 보다 고이 묻어둔

승무원이라는 목표를
조심스레 꺼내게 되었다.

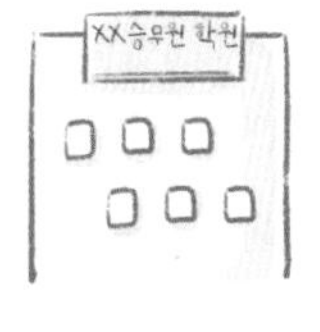
XX승무원 학원

키를 위한 노력

다리 꼬지 않고 정자세 유지하기

지하철이 흔들려도
난 흔들리지 말자 ㅡ

허벅지 안쪽 내전근 힘 기르기

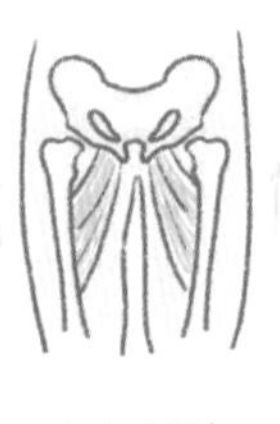
오다리 교정

수시로 스트레칭하기

회원님!
등 펼게요 ~
안 펴져요..

매일 아침 기지개를 키면서 일어나기

으아아아아아아 ~~~

플라잉 요가로 척추 늘려 주기

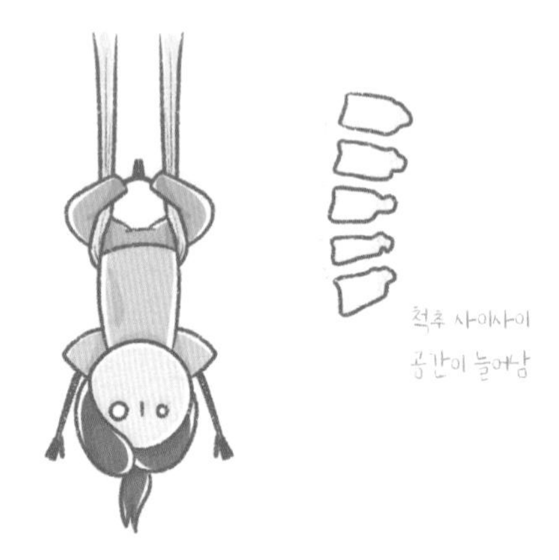
척추 사이사이
공간이 늘어남

발레 필라테스 등록하기

를르베 ~
허벅지 안쪽 힘 —
바닥을 밀어내면서 —
천장까지 쭉욱
키 커지게 ~

그 결과 꽤 높은 수치가 나왔었다.

오 — 160.9!!
축하아아 ~~~!
위염인데 높이 나왔네...

물론 자세가 틀어지면 다시 돌아오지만

그렇게 앉으면 안된다며!
아냐 이제 붙었잖아
안 해도 대 —
그렇게 현직이 된 제제 씨는
다시 꼬마가 되었다..

03

키와의 전쟁 1

키를 키우는 방법은 없는지
궁금해진 제제 씨 –

두상도 바꾸는 시대인데 –
키 크는 수술도
있지 않을까

검색해보니 키 크는 수술이 있었다.

키크는 수술
키크는 수술
키크는 수술 비용
키크는 수술 원리

그러나 자세히 알아보니

blog
원리
먼저 뼈를 절단해 틈을 만들고, 장치로 고정해
그 사이를 조금 벌려주면 그 틈에 뼈진이 차
뼈가 붙으면서 키가 조금씩 늘어나는 수술

그냥 살기로 했다.

blog
회복 기간 : 재활기간 1년 이상
운동까지 2년이상
비용 : 3000만원 ~
1
2

무서워..

04

키와의 전쟁 2

그래도 포기할 수 없었던 제제 씨는

두상도 바꾸는 시대인데 —
키 크는 수술도
있지 않을까

좋은 방법 하나를 생각해 냈다.

그래 —
바로 그거야

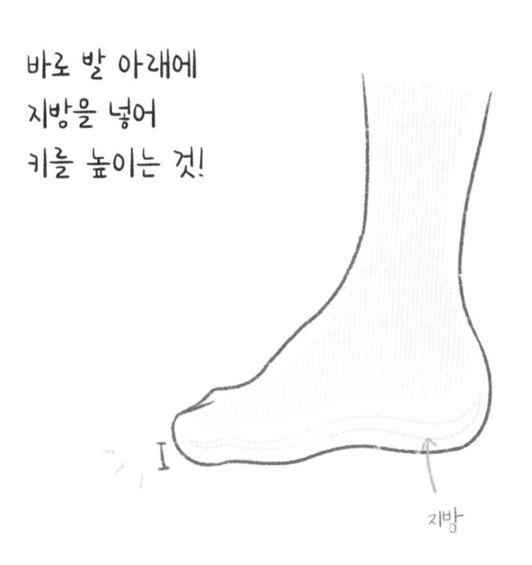
바로 발 아래에
지방을 넣어
키를 높이는 것!
지방

오오 될 것 같아~
그게 되겠냐..

지식 eeN

Q&A

와 — 있어!!
같은 생각한 사람 —

발바닥 지방이식 할수있나요?

발바닥에 지방을 이식해서
키가 커지는게 가능한가요?

20XX. XX. XX

있다고?! 대박 —

(지금은 삭제된 질문)

해결사 님 답변

...래

발바닥에 지방이식을요?
해줄 병원이 있을까요..
그리고 지방이식 해봤자일어서면
무게 때문에 눌려서
키가 커질 것 같지는않네요.

20XX. XX. XX

포기해 —

취준생과 영화

영화관에서 혼자
온갖 청승을 떨며 영화를 본적 있다.

주인공은 어려서부터 꿈이 있었지만
그 누구도 믿어 주지 않았다.

그러나, 자신의 의지로는 바꿀 수 없는
신체 조건의 불리함 앞에서도

열정과 꾸준한 노력으로
그 꿈을 실현시켰다.

영화를 보면서 들었던 생각은 -

DOLBY ATMOS
FOOTKEM
DISTRIBUTED BY
Walt Disney Studios Motion Pictures

처음의 설렘 대신
스트레스만 받으며
노력보다는
자기비하만 했다는 것 -

이대론 아무 것도 못 할 것 같아

인생은 애니메이션 뮤지컬이 아니야 —

노래만 부르면 네 시시한 꿈이

마법처럼 이루어지는

그런 곳이 아니라고 —

나를 믿고 더 노력해 보자고 —

그렇게 다시 한 번 용기를 냈다.

늘 설렘과 열정이 가득했던
그때를 잊지 말자고 –

Try everything ~

Anyone
can be
anything

- zootopia -

06

드디어 내 차례?

최종 합격 전,
세 회사에서 채용이 진행 중이었다.

13	14	15	16
	00항공 면접 11:00		
20	21	22	23
		ㅁㅁ항공 면접 2:00	
27	28	29	30
ㅁㅁ항공 면접 12:10		00항공 발표 6:00	

웬일로 여러 회사로부터 합격 통보를 받고

오랜 취준 생활 끝낼 순간이 왔다는 생각으로

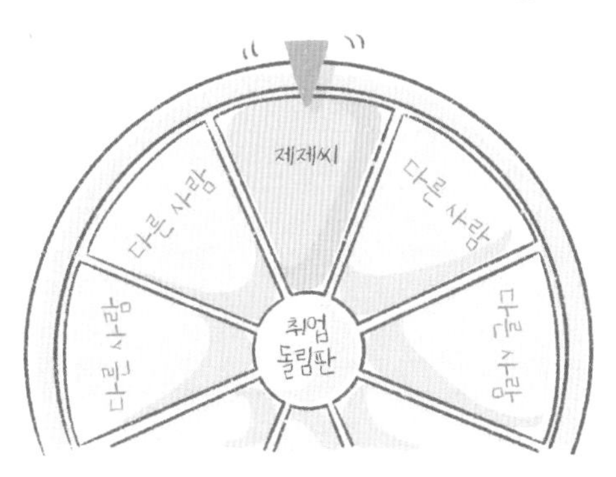
드디어 내 차례군 —
제제씨
다른 사람
다른 사람
다른 사람
다른 사람
취업
돌림판

편하고도 안일하게
면접 준비를 했었다.

셋 중 하나는
붙지 않겠어?!

그러나 연이어 두 회사에서
탈락 통보를 받고

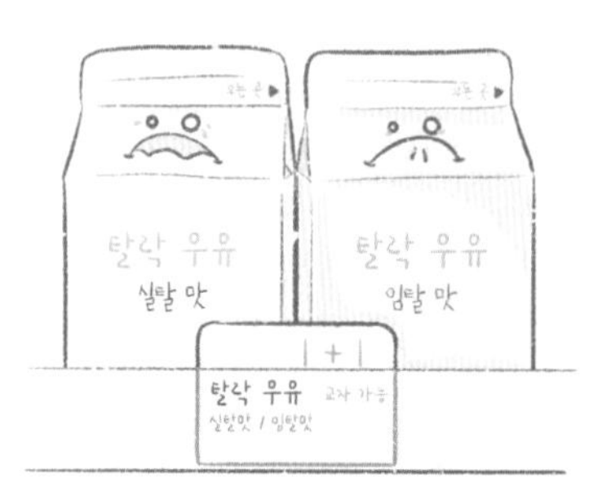
탈락 우유
실탈 맛
탈락 우유
임탈 맛
탈락 우유
실탈맛 / 임탈맛

마지막 남은 항공사에 희망을 걸었지만

Holy ~

역시나 최종 탈락을 통보 받았다.

. . .
탈라악 ㅡ

포기하지 않으면 이루어질거라 생각했는데

휘잉 ㅡ

세상에는 노력으로도 불가능한 게 많았다.

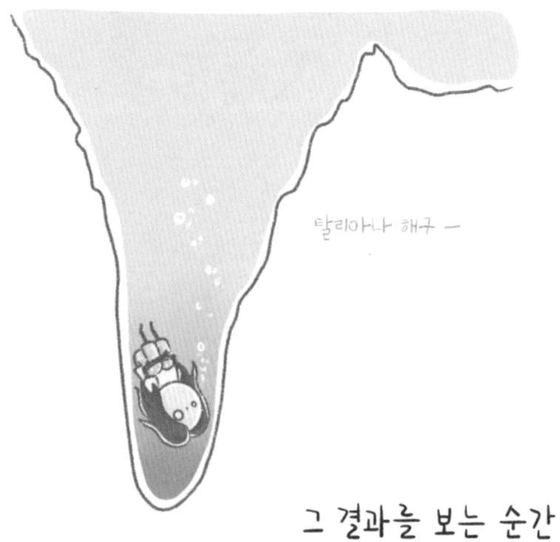
탈리아나 해구 —

그 결과를 보는 순간
내 존재가 부정 당하는 것도 같았고
모든 걸 다 포기하고 싶었다.

07

각자의 타이밍

세 번 연속으로 탈락의 고배를 마시고

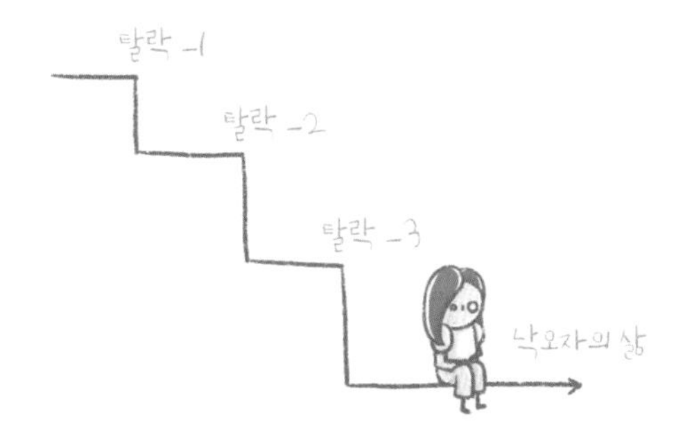
탈락 -1
탈락 -2
탈락 -3
낙오자의 삶

낮아진 자존감을 회복하지 못한 채

내가 승무원 포기하면
실망할거야?
내가 왜
실망해~
이렇게 하다가
포기할 때도
있는거지 -
거짓말 -

세상에는 각자 다른 길이 있을거라 생각했다.

승무원은
내 길이 아닌가 —
환영해 ~
다른 길

그때 한 회사의 채용이 떴고,

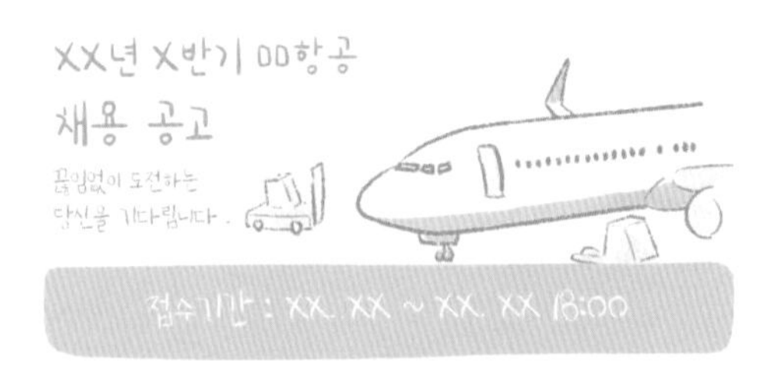
XX년 X반기 OO항공
채용 공고
끊임없이 도전하는
당신을 기다립니다.
접수기간 : XX. XX ~ XX. XX 18:00

나는 마지막 지원서를 작성했다.

모든 걸 내려놓자 신기하게 스트레스도 없었고

- 접수 당일 -
너 완전
해탈한 표정이야
거의 달관의 경지인데 ?

마지막 면접인지도 모를 정도로
평소와 동일한 일상을 보내며

OO 포인트 적립하세요 ?
번호로 할게요 ~
00로션
18,000

오랜 기다림만이 계속되었다.

언제 결과 나오려나 ―
세월아 ~ 네월아 ~

그리고 결과 발표 당일,
기대나 설렘보다는

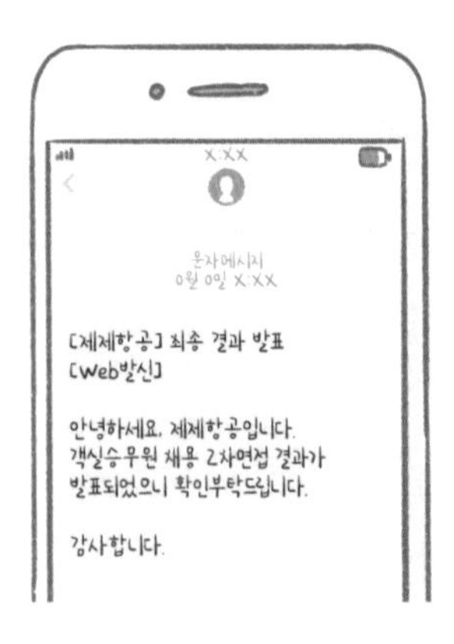
X:XX
문자메시지
0월 0일 X:XX
[제제항공] 최종 결과 발표
[Web발신]
안녕하세요. 제제항공입니다.
객실승무원 채용 2차면접 결과가
발표되었으니 확인부탁드립니다.
감사합니다.

데자뷰처럼 이미 결과가 예상되던 -

어차피
탈락이겠지 뭐 -
기대도 안 한다
반복되는 탈락 . .

모든걸 비웠던 그 순간에
합격은 찾아왔다.

축하드립니다!!
제제님은 제제항공 2차 면접에 합격하셨습니다.
아래와같이 신체검사 및 최종 결과 발표 안내사항
안내드리오니, 확인부탁드립니다
[안내사항]

세상에는 각자의 길이 아닌,
각자의 타이밍이 있다는 걸-

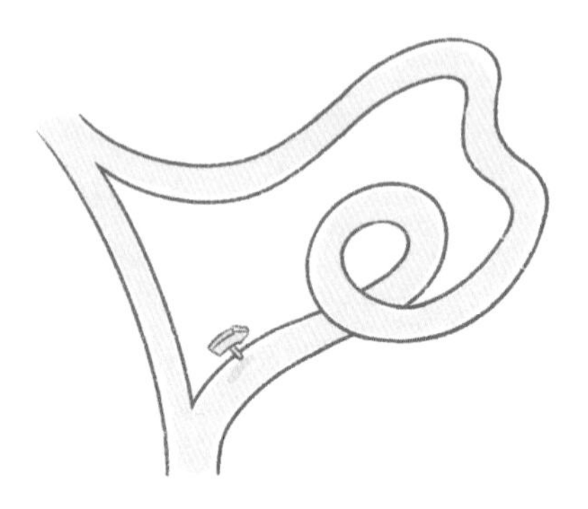

최종 합격 전까지, 몇 번이고 합격 문구를
다시 꺼내 보며 행복해했다.

축하드립니다 !!
제제님은 제제항공 2차 면접 에 합격 하셨
아래와같이 신체검사 및 최종 결과 발표
안내드리오니, 확인부탁드립니다.
[안내사항]

08

최종 합격 후

승무원 합격의 기쁨을 안고
고향을 방문했을 때

내가 왔도다 ~

백수지만 회사가 결정된
가장 좋은 때 —

주변 사람들로부터 정말 많은 축하를 받았고

축하해 ~!!
고생했어 —
꽃길만 걷자 ~~
헤에 —
모두 감사합니다~

그중 나를 꼬옥 안아준 친구가 있었다.

힝...
정말 잘했어
진짜 ~
토닥 ㅡ

그리고 친구들과 함께 술을 마시며
오랜만에 학창시절 선생님을 찾아 뵙기로 했다.

오 좋다!
좋아 ~
그치!
가자 가자 ㅡ

그러나 그 전날 술을 너무 많이 마셔
다음을 기약하게 되었고

으... 너 괜찮냐 ㅡ
죽을 거 같아 ㅡ
우리 다음에 가자...

서울로 올라온 제제 씨는
입사 준비로 바쁜 나날을 보냈다.

사진... 여권...
그리고...

그러던 초기 교육이 한창이던 어느 날

18:15
...

그 친구에게 수 통의 부재중 전화가 와 있었다.

너무 반가워 다시 전화를 건 나에게
믿을 수 없는 소식을 들려왔다.

잘 지냈어?!
나 이제 퇴근했지 ㅡ
왜왜??

더 이상 선생님에게 좋은 소식을
들려드릴 수 없다는 것이었다.

내가 만약 그날 술을 먹지 않았다면-

교무실
쌤~~

혹은 숙취에도 모교를 방문했다면...

인생은 가끔 예상 못한 방향으로 흘러가기에

쌤~ 저 취업했어요!
너를 받아 줬대?
아 쌤!!
진짜 ㅋㅋㅋㅋ

지금 이 순간에 찾아 온 기회를
늘 소중히 해야 한다는 건 아닐까 -

09

합격의 운동화

헐 — 나 합격했어
어?!
덮밥 먹다가 확인함 —

평소와 다름 없던 어느 날,
나는 최종 면접에 합격했다.

주변 사람들이 더 기뻐하는 모습을 보면서

진짜?! 된거야?
너무너무 축하해!!
걱정 많이 했었잖아 —
정말 다행이다!!

너무 행복한 나머지 돈을 펑펑 썼다.

내가 밥 살게~
스콘도 시킬까?!
내가 살게!
여기 떡볶이 유명한데!
좀 사갈까?!
제제야 이제
그만!!

한 달 전 연이은 탈락을 겪은 후

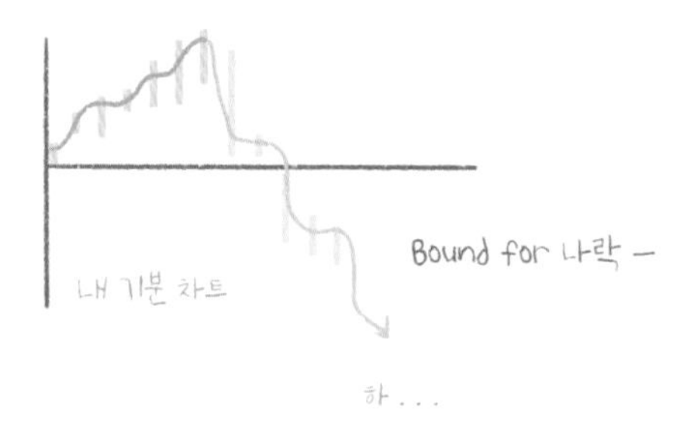
내 기분 차트
Bound for 나락 —
하...

동 트기 전이 가장 어둡다는 말처럼

긴 새벽이 끝나고 합격의 순간이 왔다.

Jeje_little
#백수탈출 #합격 #취준생활청산

그리고 취업 기념으로 떠난 여행에서

짐이 뭐이리 많아?
놔둬 그냥~ 다 내 짐이야—

서프라이즈 파티와

CONGRATU LATIONS
축하해~~

백수 탈출 축하 선물을 받았는데

얼른 열어 봐!
뭐야 뭐야?

늘 키로 크게 스트레스 받고
함께 고민했었기에

발목도 안 좋은데..
키 큰 다른 동기들 사이
에서 기죽지 말구~
해서 훈련도 잘
몇 달동안 고민하던
키높이 운동화

나
그림 뭐야 ㅋㅋㅋ
7살이 그린 것 같아
그림 어려워 . . .
손 억지로 연결

그 마음이
너무 고마워서

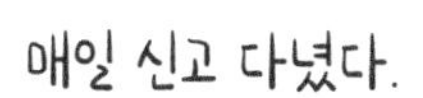

매일 신고 다녔다.

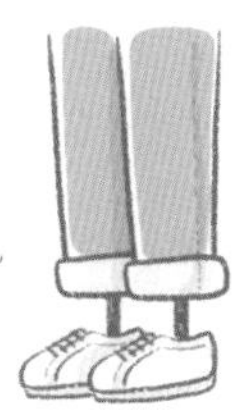
나 오늘 또 신었다 ~

그리고 현재 그 운동화의 상태 —

너덜너덜 —
이제 저거 좀
버려라 !! (엄마)
안돼 !
합격의 추억이
있단말야 —

10

첫 비행

초기 훈련을 마치고 처음으로 출근하던 날 –

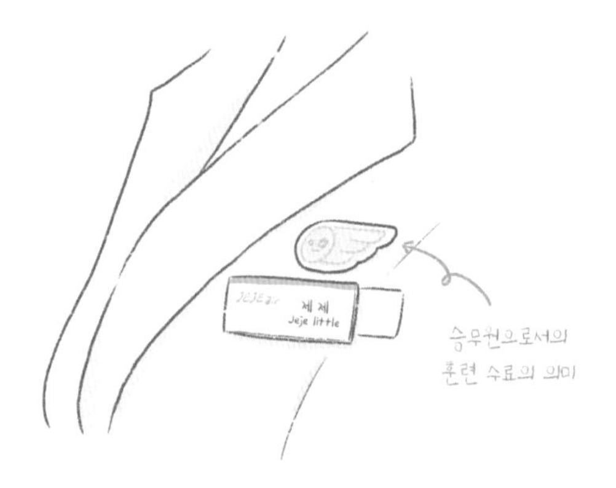
제제
Jeje little
승무원으로서의
훈련 수료의 의미

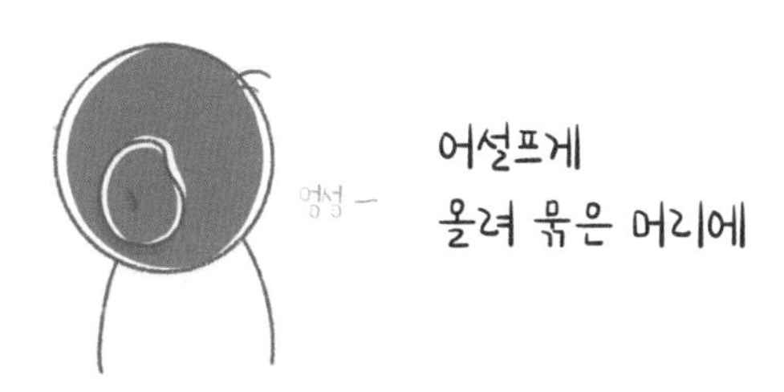
엉성—

어설프게
올려 묶은 머리에

빳빳한
새 유니폼을 입고

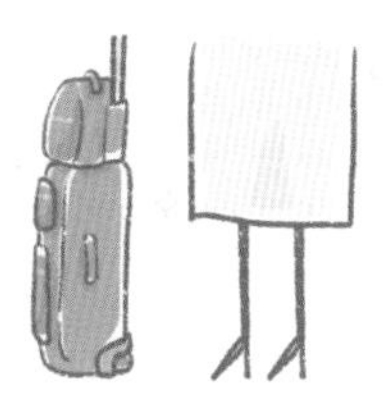

처음으로 브리핑룸에 앉아
비행을 준비하던—

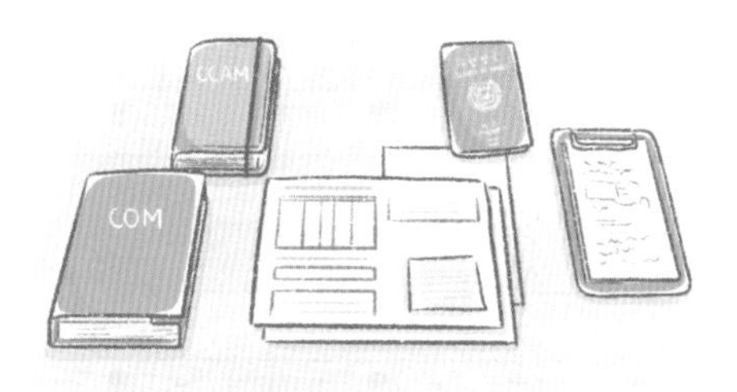
CCAM
COM

크루로 가득한
셔틀버스에 타는 것도

선용 입구로
들어가는 것도

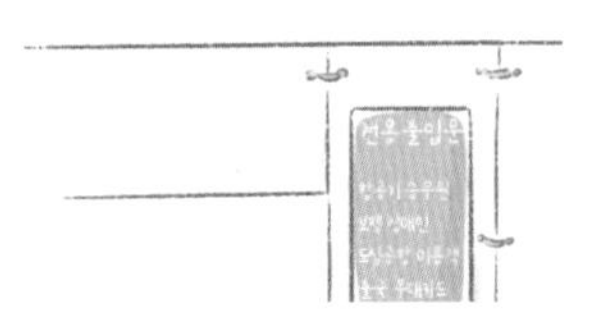
전용출입문

다른 좌석에서 이륙하는 것까지
모든 것이 새로웠다.

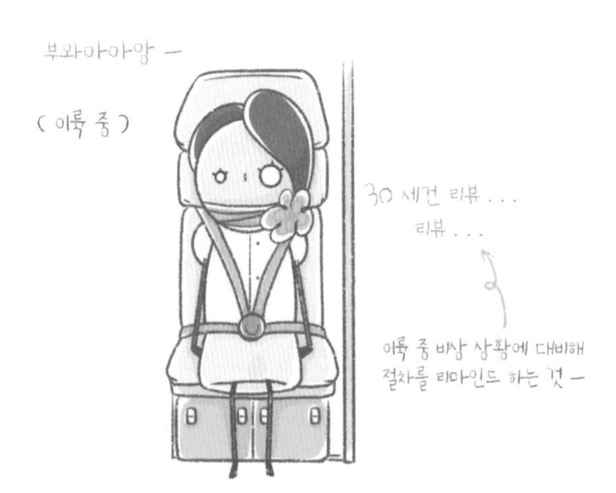
부와아아앙 —
(이륙 중)
30 세컨 리뷰...
리뷰...
이륙 중 비상 상황에 대비해
절차를 리마인드 하는 것 —

무엇보다 저 아래에
떠다니는 구름과

시시각각 변하는
예쁜 하늘의 색은

내가 승무원이라는 사실이 믿어지지 않을 만큼
어색하면서도 날 설레게 했다.

와...

바쁨
바쁨
버퍼링 중—

라는 추억과는 별개로
나는 짐이었다.

죄송합니다만 100번하고 내린 날-

죄송합니다...
첫 비행이죠 ?!
별로 안 바쁜 노선이라
괜찮아요 ~

그리고 늘 그렇듯 이 역사는 반복된다.

죄송합니다...
괜찮아요 ~

11

암리치 연습기

키 대신 암리치를 측정하는 항공사도 있다.

암리치
: 바닥에 서서
손을 뻗어 닿는 거리
(회사에 따라 까치발 허용)

특히 국내 모 항공사의 암리치는
승준생 사이에도 늘 고민거리다.

OXO 승무원 카페

전체글 인기글 즐겨찾기 전체공지

암리치 안닿고 합격하신 분..? 2 댓글

암리치 늘리는 방법? 5 댓글

내일 면접인데 암리치 안닿아도 괜찮나요? 7 댓글

매일 연습하면 늘겠지—
라는 마음으로 벽에 표시해 두고

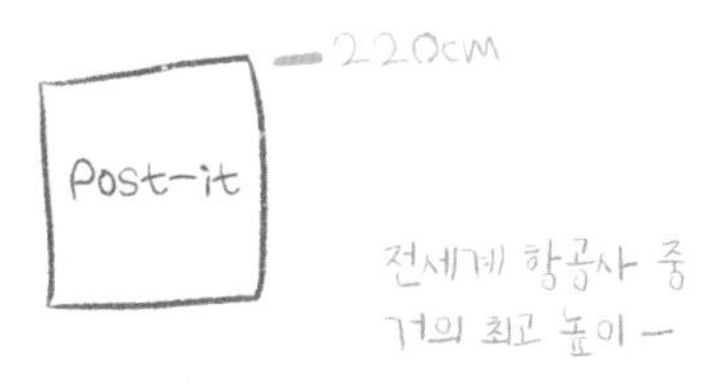
220cm
Post-it
전세계 항공사 중
거의 최고 높이—

매일 아침 연습했다.

요가하면 좀 늘어나려나 —
문어춤..?
(옛날 모 방송에서
팔이 늘어난다고 한 춤)

그러나 열심히 스트레칭 해도

으 ~~~~
토닥 도탁 —

늘 실패 . . .

얼른 더 뻗어봐 —
내가 제일 닿고싶다 ! !

그리고 빠르게 포기 —

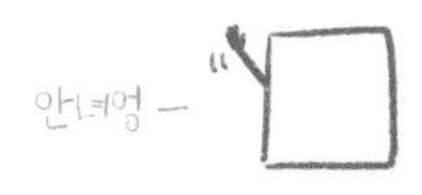
안녀엉 —

아직 시험도 안 했는데
지금 해서 뭐해 —
포기 —

12

꽝 - 다음 기회에!

Bucket list

아직 승무원을 준비하기 전
내 버킷리스트에 있던 건-

시베리아 횡단철도를 타고
오로지 나와의 여행을 하는 것-

그리고 휴학 중 동생과 함께
계획을 세우기 시작했지만

시이작 !
차타고 비행기 타고 열차타고 ㅡ

결국 내 욕심으로 그 로망은 실현되지 못했다.

미안하다 !!
나 취준해야할 듯..
괜찮아 ㅡ

승무원이 되면 전 세계를 돌아다니며

내 소망을 이룰 수 있을거라 생각해
모든 걸 미뤘지만

탁 —

비행과 여행은 달랐다.

하하..

물론 기내에서 손님을 만나는 건
설레고 행복하다.

생수 준비해드리겠습니다 ―
감사합니다 ~

하지만 몇 년 전 미뤄 둔 내 버킷리스트 –

가끔은 다음 기회란 건 오지 않는 건지도 –

선택의 연속

대학을 졸업할 즈음,
휴학을 하고 해외 유학을 준비했었는데

JAPAN VISA
SEOUL XX DEC 25 XX MAR 13
AS STUDENT
JEJE LITTLE
M00000000 F XX JAN 00 KOR
일단 이건 준비 됐고..

비자까지 받았지만,
취업을 위해 포기했다.

나 승무원 해 보려고 —
나이 많이 본대서
유학은 안 가게...
아 진짜?

그러나 초조했던 취준 시간을 겪고 입사해보니

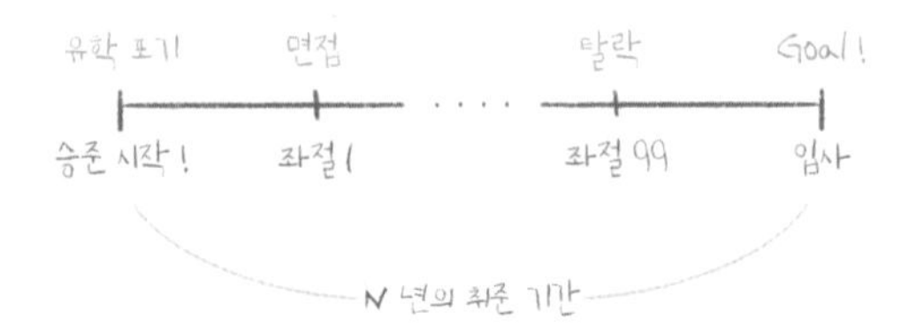
유학 포기!
면접
탈락
Goal!
승준 시작!
좌절 1
좌절 99
입사
N 년의 취준 기간

막상 동기들 사이에서 제제 씨는
막내 라인이었다.

유학 다녀와서
취업해도 됐는데 —

유학은 더 이상 갈 수 없을 것처럼 보였고
이제 새로운 도전은 어려워 보였다.

그리고 얼마 후 동생의 일본 유학이 결정 났다.

축
합격
나 일본 가지롱~
오 - 축하~
+ 부럽다..

내가 하지 못한 걸 하고 있는 동생 -

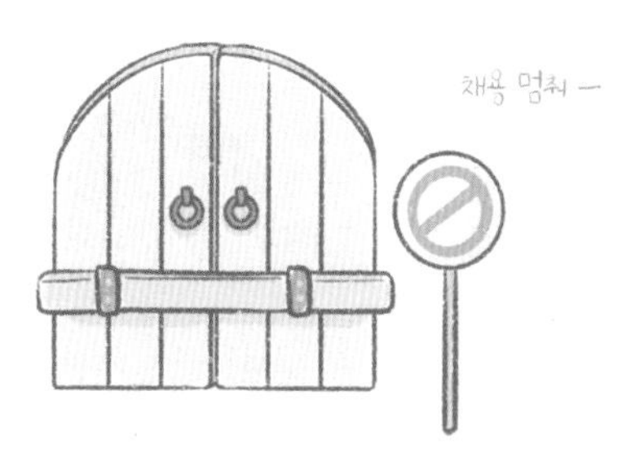
채용 멈춰 -

그 부러운 마음이 들 때 즈음 채용은 멈췄다.

삶은 늘 선택의 연속이다.

인생은
B (birth)와
D (death) 사이의
C (choice)다.
- 장 폴 사르트르 -

어떤 사람은 또 묻는다.

만약에 과거로 돌아갈수 있어 -
그럼 다른 선택 할거같다!
그런거 있어?
부잣집에서 태어난다
어떤 로또 산다 불가 -
만약에충 동생
(ENFP)

흠.. 글쎄 —
이게 옳은 선택이었는가에 대해선
늘 고민하지만

그렇다고 돌아가고싶진 않아 —

그 땐 그게 최선이었을거고

돌아가도 결국
같은 선택을 하지 않을까?

그러니 내 선택을 믿고 나아가는 수밖에 —

묻고 더블로 가!
YES or NO
유학을 포기하고 취업준비를 하시겠습니까?

14

소소한 즐거움

늘 프로답게 근무하려고 하지만

프로美 뿜뿜 —
안 쪽으로 모시겠습니다 —

이런 나를 무장해제시키는 것들이 있다.

안녕하세요오 ~
헤에 —

그건 바로 어린 아이들과

오아 ㅡ
냐 ㅡ

귀여운 반려동물들 ㅡ

이것저것 바쁘고 힘든 근무 중에도

워커라운드
다녀오겠습니다 . .
수고하십시오 ㅡ
수고하십시오 ㅡ

귀여운 상면을 보면

헤 —
느릿 —

기운 차리고 호들갑을 떨게 된다.

봤어요 선배님!
진짜 너무 귀엽죠 ㅠㅠ

26찰리 인펀트* 봤어요?!

*infant. 유아승객

귀여운 동물들과

이름 콩이예요 !
콩아 안녕 ~

아이들이 주는 소소한 즐거움 -

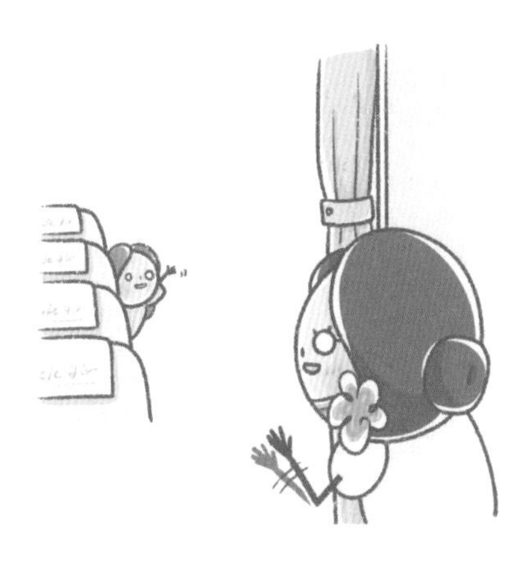

여행과 비행 그 사이 어디쯤

대부분 사람들은 다음날 출근하기 싫은 감정에 공감하면서도 나에게는 '넌 어차피 여행 가는 거잖아.'라고 말하며 부러움을 내비치곤 한다. 그때마다 나도 일하러 가는 거라고 되받아치지만 곰곰이 다시 생각해 볼 때도 많다. 여행 같은 비행. 승무원의 일은 종종 남들의 눈에도, 가끔은 나의 눈에도 그렇게 비친다.

매일 다른 근무지에서 매일 바뀌는 동료들과 매일 새로운 손님을 맞이하다 보면 나의 일상이 긴 여행처럼 느껴진다. 여행과 비행은 서로 다르지만 승무원에게는 이 둘의 선을 엄격하게 긋고 다르다고 할 수 있을까? 어쩌면 나는 그 둘의 소용돌이에서 계속 헷갈려 하고 싶은 건지도 모르겠다.

비행이 일상이 된 지금은 과거 승무원을 꿈꾸며 준비했던 시절을 잠시 잊고 지낼 때가 있다. 그러다 문득 닳아버린 키높이 깔창이라든지, 벽에 그어놓은 연습용 암리치 라인, 우울한 문장들로 가득한 다

이어리 같은 것들을 발견할 때, 지난날이 떠오르곤 한다. 희한하게도 날 가로막고 있다고 느꼈던 장애물(특히 키)과 그때의 작은 승준생의 소망이 나를 더 단단하게 만들어서 지금의 나를 만들었다는 생각을 하곤한다.

그래서 혹시 포기하려는 이유가 마주한 어떤 장애물 때문이라면 나는 도전해 보라고 당신을 응원해 주고 싶다. 내가 일에서 여행을 느끼듯 당신도 그 속에서 즐거움을 찾을 수 있는 시간을 맞이하길 바란다.

- 키 작은 제제 씨